JN041114
フローレスレディ
完璧令嬢
クラリーシャの輝きは
逆境なんかじゃ曇らない
婚約破棄されても自力で幸せをつかめばよいのでは？
福山松江
illust. 満水

「入れるものなら入ってみろ」
とのことでしたので
来ちゃいました
クラリーシャ・ランセン
武門の名家ランセン公爵家の令嬢。
ワケあって貧乏男爵家へ嫁ぐことに。

……は？
ジャン・フェンス
田舎男爵の子で貴族らしくない青年。
クラリーシャとの出会いを
きっかけに立派な貴公子へと急成長していく。

あんなお方、
この学校にいたかしら……？
まさかあのダメ男が
これほどの美貌を隠し持っていたとは。
騒然となる学生たち――
この瞬間、タイタニア一の美少年とは
このジャンで確定してしまったのだった。

「僕が勝ったら
クララのことは
あきらめてもらおう」

「その結婚、ランセン家は認めておりませんよ？」

カミーユ・ランセン
クラリーシャの弟で公爵家の末っ子。

14歳にしてすでに一流の武人。

性格は冷淡で腹黒。姉上が好きすぎる。

Contents

完璧令嬢（フローレスレディ）
クラリーシャの輝きは
逆境なんかじゃ曇らない
婚約破棄されても自力で幸せをつかめばよいのでは？
福山松江
illust. 満水

Character
illust. 満水
クラリーシャ・ランセン
武門の名家ランセン公爵家の令嬢。
幼少期より淑女のたしなみをハイレベルで身につけてきた
完璧令嬢。曇りなき最上級の宝石にたとえて
フローレスレディと称される。
どんな逆境でも絶対にめげないで明るく切り抜けていく。
Clarisha
ジャン・フェンス
クラリーシャの新たな婚約者。
田舎男爵の子だが貴族らしくない見た目と趣味をしている。
自分に自信のない性格だったが、
クラリーシャと出会い、彼女の生き様に感化されて
立派な貴公子へとぐんぐん成長していく。
Jean
Before

レナウン王子

クラリーシャと婚約していた
タイタニア王国の王太子。
お似合いの二人と言われていたのだが……？

マテウス・フェンス

ジャンの父。フェンス家当主。
平和な世に生まれてしまった名将軍。
戦で手柄を立てた褒美に指定したものとは……？

カンナ

フェンス家に奉公する少女。
裏表のない性格。クラリーシャの知識を吸収し、
優れたメイドになっていく。

カミーユ・ランセン

クラリーシャの弟。幼くして一流の武人。
敬愛する姉上とジャンの婚約に反対する。

第一章　幸せとは己の腕力でつかみとるもの

草原と見紛う、ラーカイム宮殿の広大な西庭園――

男女二人が愛馬に乗り、駆けっこをしていた。

「今日は風が暖かいですわね、レナウン殿下～」

「……ああっ！　すっかり春めいてきたなあっ!!」

先を行く少女ののんびりした声に、後を追う少年が必死な声音で返事をする。


少女の名はクラリーシャ。

ランセン公爵家の令嬢だ。

光沢のある長い黒髪は早朝の日差しを浴びてきらめき、また元気溌溂と輝く瞳の色も黒。

どちらも〝東洋の黒真珠〟と謳われた祖母譲りのもので、遥か東方の帝国から降嫁してきた公主の血と美貌を、クラリーシャは濃く受け継いでいた。

一方、女性としてはかなりの長身なのは、武勲赫々たる父方の血筋によるものか。すらりと手足が長く、乗馬服のズボン姿が良く似合っている。

「さて殿下、もう一駆けですよ♪」

「……ハハハハハ楽しくなってきたなぁリーシャあ……っ！」

鼻歌混じりのクラリーシャの言葉に、後を追う少年がヤケクソのように笑って返事をする。

少年の名はレナウン。

このタイタニア国の王太子で、また国一番と評判の金髪碧眼の美男子だ。

クラリーシャとは同い年の十六歳。

赤ん坊のころに親同士が決めた婚約者でもある。

「ゴールを目の前にして呵々大笑とは、さすが殿下は余裕ですわねえ」

「……当然だっっ！　今日こそは余が勝たせてもらうつもりだからなあっ‼」

レナウンが余裕ぶった台詞とは裏腹の、異様な気迫をにじませた声音で返事をする。

さっきからクラリーシャの口調とのギャップがひどい。


それもそのはず――

二人が真っ最中の〝駆けっこ〟とは、王子と許嫁と聞いて想起するような、「さあ、つかまえてくださいませ」「ははは、待て待て～」みたいなノリのものでは全くなく――

まさしく〝デッドヒート〟の様相を呈した、鞭の叩き合いなのだから。


レナウンはもう必死も必死。

中腰状態、全身汗だくで愛馬を駆り、鞭を振るい、形相を歪めてクラリーシャを追走する。

前を行く少女からは見えていないが、せっかくの美貌も台無しである。

しかしそれが当たり前のことで、全力疾走中の鞍上でなお、のんびりとした雰囲気でいられるクラリーシャの方が普通ではない。

乗馬は淑女の嗜みの一つ。しかし鞍から腰を浮かせ、超前傾姿勢で騎馬を御す——いわゆるモンキー乗りがこれほどサマになるご令嬢など、タイタニア広しといえども彼女一人であろう。

ゴールと決めた王城の厩舎前に、半馬身差で先に到着したのも結局、クラリーシャであった。

「本日も良い勝負でしたわ、殿下」

「くっ……。また勝てなかった！」

クラリーシャは鞍に腰を下ろすと、愛馬の速度を落としつつ、振り返って健闘を讃える。

一方、レナウンは天を仰ぐと悔しげに叫んだ。

本物の矜持を持つ男の咆哮だと、クラリーシャは思った。

そんな負けず嫌いな婚約者が愛らしくて、口元に拳を当ててクスクスと微笑する。

（わたくし、お馬さんに乗るのは自信があるのですが。そのわたくしといい勝負ができるなんて、同年代ではきっとレナウン殿下だけでしょうね）

ランセン公爵家の所領であるモーヴ州は馬産地で、クラリーシャ自身、乗るのも可愛がるのも大好きだった。

しかも馬術の名人である父親に、「おまえには教えることがない」と苦笑いされたことがあるほどの腕前。

この早朝の遠乗りも五歳から始めた日課の一つで、乗馬は心身を鍛え、健康を養うことができる。

だから二年前、クラリーシャが本格的な王妃教育を受けるために宮殿で暮らすことになっても、ずっと続けていた。


その鍛錬にレナウンは欠かさず付き合ってくれるのである。

しかも近いレベルで競い合い、互いに高め合う関係だ。

もちろんそれは馬術のみならず、王侯貴族が修めるべき政治や学問、教養、作法、社交術等々――その全てでレナウンだけがクラリーシャと同じく高みを目指し、不断の努力で日々邁進している。

この輝くような王子を見ていると、クラリーシャも「自分だってまだまだ！」と襟を正すことができる。


（頂点へと至る遥か遠き道を、ともに歩いていくことのできる伴侶の、なんと得難きことか――そう仰っていたお祖母様も、きっと天国でわたくしたちを祝福してくださっているはずです）

亡き祖母はとても教育に厳しい人だったが、クラリーシャは大好きだった。

今の自分があるのも、祖母の薫陶の賜物だと言って過言ではなかった。

またその祖母がもし存命だったら――滅多に誰かを認めることのない厳格な人が――きっとレナウンのことは認めたに違いない。

そんな王太子をクラリーシャは心から尊敬し、また自分の婚約者であることが誇らしかった。

一方、レナウンは慨嘆口調になって言った。

「また国王陛下にお小言をいただいてしまうな。結局、一度もリーシャに勝てなかった」

「何を仰いますか、今日だってあとちょっとのところでした。レナウン殿下ならそう遠からず、わたくしを追い抜かしてゆかれるに違いありません」

「しかし父上には『こたびの戦が終わるまでに結果を見せよ』と、厳しく仰せつかっていたところなのだ。そのお言葉を余が果たせなかったことには変わらぬ」

「それだって仕方がございませんわ。ひどく長引くというのが大方の予想でしたもの、こんなにも早く決着がつくとご存知でしたら、国王陛下も別の期限をご提示なさったはずです」

――と。

そんなお堅い話をしながら、二人で並んで愛馬を歩かせる。

レナウンが相手だと、いつもこうだ。

許嫁同士なのに睦言どころか、他愛もない談笑をした記憶すらない。

（殿下は生真面目ですからねえ。将来の国王様ですし、不真面目より絶対いいんですけど）

クラリーシャはそう納得していた。

そして馬房の前に到着すると、レナウンが先に颯爽と鞍から下りる。

次いでクラリーシャへ手を差し伸べ、下馬の補助をしてくれる。

（正直、お馬さんから下りるくらい一人でできますし、その方がわたくしも気軽なんですけどね。でも殿方が淑女に手を貸すのが定められた作法（マナー）ですし、わたくしも将来の王妃になる以上は、窮屈でも従わないと示しがつきませんからね）

これもクラリーシャはそう納得していた。

隣国のミッドランドが百年を超える泰平を破り、西国境であるパ・ナ川を越えて侵略してきたのが、去年秋のことだった。

タイタニアもすぐに軍備を整えて応戦したが、どうにも付け焼刃の感が否（いな）めなかった。皮肉にも平和な時代が長く続いた弊害だった。

ゆえに対ミッドランド戦線は長期化、泥沼化するという見込みが一般的。

この半年というもの、廷臣たちが常に強張（こわば）った顔付きをしているのもむべなるかなだ。

そんな重苦しいムードの中で——良い意味で予測が覆（くつがえ）る——戦勝の報せが届いたのが、つい昨日のこと。

王宮内は沸きに沸いたし、城下はお祭り騒ぎである。

折しも暦は三月。春の到来を喜び、祝う人心情緒も重なった。

その空気が本日もまだ続いている。

あちこちで歓声が飛び交う廊下を、クラリーシャはレナウンとともに歩いていた。

早朝遠乗りの後、一旦別れて待ち合わせた格好だ。

運動の汗を軽く湯浴みで流し、乗馬服からドレスに着替える必要があった。

なおクラリーシャは身長五フィート九インチ（約一七五センチメートル）。

レナウンが五フィート八インチ（約一七二センチメートル）。

ヒールを履いて並ぶと、もうクラリーシャが見下ろす格好になってしまう。

「余が軍務卿に聞いたところ、なんでもフェンス男爵なる者が危険な夜襲作戦に志願し、しかも見事に指揮を執って、我が軍に大勝をもたらしたという話だな」

「まあ！　我が国にも大変な勇者がいらっしゃったものですね」

「軍略家と評判のエスパーダ辺境伯が、最も信頼を置くのがその男爵らしい」

「英雄は英雄を知るというわけですね。美談ですね」

レナウンの話を興味深く聞くクラリーシャ。

普通、貴族の令嬢は戦争の話など聞きたがらないが、そこは未来の王妃として幼少から育てられた彼女だから、何もかもが普通の基準には当てはまらない。

「ただ……余はそのフェンス男爵の顔はおろか、名すら知らなかった。改めて確認したところ、歳は三十五の逞しい男で、余らと同じ十六になる嫡子がいるという話だが。リーシャはどうだ、耳にしたことくらいは？」

「確かまだ三代目の、新興のお家なのです。ですのでお勤めや領地経営にかかりきりで、社交シーズンにも王都にいらっしゃったことは一度もないと、わたくしは記憶しております」

「なるほどな。道理で面識がないはずだ」

いくらレナウンが王族といえど、会ったこともない下級貴族を憶えていないのは致し方ない。

それこそクラリーシャのように貴族年鑑を暗記しているのでもなければ不可能だ。


そして、そのフェンス男爵が現在、郎党とともに王宮内にいるらしい。

戦勝の第一報をもたらす早馬が、他ならぬ彼自身によるものだったという。

「エスパーダ辺境伯の計らいだそうだ。ほら例の、父上の詔勅があっただろう?」

「『ミッドランド軍を見事、撃退せしめた立役者には、望むままの褒美を授ける』――と。あの仰せのことですよね?」

望むままの褒美とは滅多にない大盤振る舞いだが、それだけ国王ラゼル四世は事態を重く見、また憂慮していたのだろう。

「そして件のフェンス男爵こそ、まさに褒美を賜るに相応しい大戦果を挙げたわけだ。辺境伯も自慢の部下に、いち早くもらってこいと配慮したのだろう」

「国王陛下だってさぞお喜びでしょうしね。それこそすぐにでもその英雄殿と会ってみたいと思し召しかと」

「ああ。さすが明敏なエスパーダ辺境伯、万事に気の利くことだな」

実際、ラゼル四世とフェンス男爵の謁見は、今日この後に行われることになっている。

さらに宮廷貴族や文武の官らも列席し、皆で救国の英雄を迎えるのだ。

クラリーシャもまた王太子の随伴という役目で、正装して広間に向かっているところ。

内心、かなりワクワクしていた。

「フェンス男爵がどんな方で、どんなご褒美を陛下にお願いするのか、楽しみですね」

「ああ。何しろ百年の泰平の最中に生まれた勇者だ。さぞ規格外の傑物に違いない」

互いにうなずき合いながら、謁見の間に到着するクラリーシャ。


中には既に大勢の貴族や廷臣たちがいた。

そして二人が顔を見せるなり、一同が振り返った。

「ほらご覧になって、レナウン殿下とクラリーシャ嬢だわ」

「相変わらず仲睦まじいご様子ね」

「お二人とも本当にお綺麗で、お似合いでいらっしゃること」

と注目が集まること集まること。

(まあ！　本日の主役はフェンス男爵ですのに)

クラリーシャは恐縮するが、周囲から聞こえる声は収まらない。

「いいえ本当にお綺麗という話ならば、クラリーシャ嬢の美貌こそタイタニア随一ですわよ」

「口の端に上らせるのも畏れ多いことだが、お二人が並ぶとさしもの殿下も霞んで見える」

「クラリーシャ嬢が優れているのは、ご容姿だけではないと聞くわ。王妃教育を担当する女官が逆に教わることが多いと、うれしい悲鳴を上げていたもの」

「うむ。ランセン公爵は厳格な御仁だからな。ご実家での淑女教育の賜物であろう」

「わたくしはクラリーシャ様が舞踏会で踊る姿が、目に焼き付いて離れませんわ」

「あら？　チェンバロのお腕前だとて宮廷楽士顔負けでしたわよ？」

　などなど、自分を絶賛する声がそこかしこから聞こえて、クラリーシャはますます恐縮する。

　隣には仮にも王太子がいるのだから、普通はレナウンの方を持ち上げるべきだろうに。

　今になって始まったことではなく、二人で社交や公の場に出ると不思議とこうなってしまうのである。

　レナウンにも聞こえているのだろう、心なしか表情が引きつっていた。

（でも、さすが殿下。あくまで毅然（きぜん）としていらっしゃいます）

　ここで狼狽（ろうばい）が丸きり顔に出てしまうようでは、王太子失格だ。

　玉座の方へチラと目をやれば、三十八の若さながら威厳に満ちた国王ラゼル四世と、魅惑の肢体を包み隠す上品なドレス姿のシャイナ妃が、並んで座る姿がある。

　二人ともどこも見ていないようで、レナウンの立ち居振る舞いをさりげなくチェックしている気配が窺（うかが）える。

　タイタニアでは長子相続が習わしだが、出来が悪ければ廃嫡された過去例もある。

　レナウンは常に気を抜けない立場であり、その重圧を立派に受け止めている婚約者のことをクラリーシャは支えてあげたいと思っている。

一方で遠慮を知らない宮廷雀たちも、やがて今日の主役が誰か思い出してくれた。

「フェンス男爵マテウス様、御謁見のため御入室！」

と広間の入り口に待機していた侍従が、声を張り上げたからだ。

皆が一斉に口をつぐみ、そちらを振り返る。

もちろんクラリーシャも同様。瞳を好奇心で輝かせる。

（歌劇(フィクション)なら才気煥発(さいきかんぱつ)な美丈夫というのが相場ですが、はてさて）

やっぱり現実的な策士だったり？

あるいは乱世の勇者、治世の蛮人という残念なパターンも？

固唾(かたず)を呑(の)んで待つことしばし――

両開きの大扉が儀仗兵(ぎじょうへい)たちによって、重々しく押し開けられていく。

その向こう側から、ついに噂(うわさ)の英雄殿が一同の前に姿を現した。

（まあ。なんだか森の熊さんみたい）

というのがクラリーシャの第一印象だった。

フェンス男爵は六フィート半（約二メートル）の背丈と分厚い体軀(たいく)を持つ、大男だったのだ。

しかも面構(つらがま)えは厳(いか)めしいし、髭(ひげ)モジャ。全身も毛深そうだった。

逞しい男だとは聞いていたが、ここまでとはさすがに想像しない。

目の当たりにした一同から、身勝手な嘆息が漏れる。

歌劇から飛び出したような美丈夫の線ではなかったからだろう。

期待が一気にしぼんでいくような空気の中で、一人クラリーシャは違う感想を抱いていた。

（この方、きっととてもお強いわ）

フェンス男爵が雄々しく見えるのは、ただ強靭な肉体に恵まれただけでなく、恐ろしく姿勢が良いからだとクラリーシャは気づいていた。

ランセン公爵家に仕える騎士たちにも大勢いる。一流の武人は日頃の鍛錬の成果で、あたかも芯に鋼鉄が入っているかの如く、立っても歩いても動作にブレがないのである。

その点、男爵には一際ぶっとい芯が通っているように、クラリーシャの目には映った。

（我が家自慢の騎士たちが、束になってかかっても敵わないかもしれません）

さすが大功を立てた勇者様だけはあると、納得すること頻り。

もし祖母が存命だったら、きっと惚れ込んだに違いない。

他家の当主ゆえに、ランセンの騎士には取り立てられないことを惜しんだだろう。

その大男が真紅の長絨毯の上をのしのしと闊歩し、国王の前に進み出る。

すぐ後ろには侍従が張り付いていて、宮廷作法に詳しくないだろう田舎男爵のために、小声になってフォローする。

例えば謁見では国王の近くにどこまで進み出てよいのか、「平民ならここまで」「男爵ならここまで」という具合に、身分によって厳格に決められている。

フェンス男爵は侍従のアドバイス通りに足を止めると、その場で跪き、面を下げて言上した。

「えー……神なる巨人の裔にして王国の天を支える御方……ラゼル四世陛下に申し上げます。フェンス男爵マテウス……お召しにより御前に参上仕りました」

これも侍従に吹き込まれた台詞を読み上げる。

だから声こそ体格に相応しい朗々たるものだったが、口調はかなりぎこちなかった。

受けて国王が苦笑混じりに答える。

「よいよい。我がタイタニアに大勝をもたらしてくれた英雄に、些末な儀礼など要らぬ。面を上げて楽にするがよい」

まずフェンス男爵が作法に則り、国王への最敬礼を示した上で、今度はラゼル四世が救国の英雄への度量を見せる。

ラゼル四世はただ気さくに振る舞っているのではなく、王の権威を保つためにはこの手順が必要だった。これもまた厳格な宮廷作法というものだった。

またこの後も形式に則れば、報告者が戦の顛末（と言いつつ自分の手柄）を延々と説明し、また国王がその武功を長々と褒め称えるのが習わしなのだが、ラゼル四世はすっ飛ばす。

「余はそなたの武勲に報いねばならぬ。男爵よ、約束通り望みのままの褒美を申すがよい」

「ありがとうございます、陛下。それじゃあお言葉に甘えて――」

楽にせよと言われたフェンス男爵も、面を上げて口調を砕けたものに変える。


そんな彼がいったい何を褒美に望むのか――

一同、固唾を呑んで見守った。

（普通はもっと上の爵位とか広大な領地、あるいは宮廷での地位や重職とかでしょうか）

クラリーシャも興味津々(しんしん)で男爵の言葉を待った。

果たして大柄な勇者は、朴訥(ぼくとつ)な態度で答える。

「ウチの倅(せがれ)がそろそろ年頃でして。いい嫁さんをいただきたいんです」

なるほどそう来たか、と一同がざわついた。

ラゼル四世にはまだ婚約者の決まっていない王女(むすめ)が二人いる。

フェンス男爵はそのどちらかを花嫁に迎え、血筋に箔をつける魂胆なのだろうと。

本来ならば男爵家に王女が降嫁などあり得ない話だが、それが国を救った英雄ならば大それた要求とは言えないだろう。

ラゼル四世も納得の笑みを浮かべ、鷹揚(おうよう)の態度でうなずいた。

「男爵の望みはあい、わかった。余の名において我が娘を――」

と、フェンス家との婚約を認めようとした。

しかしラゼル四世も、この場の一同も、勘違いをしていた。

フェンス男爵の要求には続きがあったのだ。

「ですんで倅の嫁にぜひこの国一の別嬪と名高い、クラリーシャ・ランセン嬢を頂戴したい」

と、朴訥としていながらも堂々たる態度で言ってのけたのだ。


「はい……？」

クラリーシャが思わず首を傾げたのも、無理のない話だった。

ラゼル四世が狼狽を隠せない様子で、フェンス男爵に聞き返した。

「余の聞き間違いであったか……？　余の娘ではなくランセン公爵の息女を所望すると、そう聞こえたのだが……」

「ええ、陛下。お姫様ではなくて、そのクラリーシャ嬢をウチの嫁にいただきたいと、確かにオレは申し上げました」

「ま、待つのだ男爵よ……」

ラゼル四世が、見たことないほどの困惑ぶりで言った。

「クラリーシャ嬢は、既にレナウンと婚約しておるのだ……」

「ええ、陛下。それはオレも聞き及んでおります。ですんでランセン公にではなく、陛下にお願いをしてるんです」

「待て待て待て……。クラリーシャ嬢は物ではないのだぞ？　公爵から預かった息女を、右から左へ下げ渡すような、そんな道理が通るはずがあるまい……」

「ですが陛下は望みのままの褒美をくださると、そういうお約束では？」

フェンス男爵は肩を竦めて疑問を口にした。

別に玉座をくれとか、無理難題をふっかけているわけではないのに――とばかりの居直った態度だった。

国王なのにこんな望みも叶えることができないのか、約束を破るのか、と煽っているようにも見えた。ずっと朴訥に振る舞っていた大男が垣間見せた、さすがは破格の勇者ともいうべき太々しい仕種であった。


（む、無茶苦茶にもほどがありますよ！）

堪らないのはクラリーシャである。

宮廷作法的に、当事者とはいえ口を出すわけにはいかないので黙っているが、いきなり嫁に来いとか言われても困る。

しかも相手はこの場にいない、見ず知らずの男だ。

（第一レナウン殿下との先約があるんですから！　早く断ってください、陛下。早よ早よ！）

クラリーシャは思わず貴婦人的立ち居振る舞いを忘れて拳をにぎりしめ、目に力を込めて国王陛下に無言で訴える。

ラゼル四世もその視線と気迫に気づいて、渋面になった。

英雄への褒美の約束か、公爵家との結婚の約束か、どちらをとるかで板挟みなのだろう。

その隣ではシャイナ王妃が大きな胸の前で手を組んで、ハラハラと見守っている。

果たして王が如何なる決断を下すのか――群臣一同、固唾を呑んで待つ。


ところがである。

答えを出したのは、国王その人ではなかった。

「考えるまでもないではありませんか、父上！　いえ、陛下！」

クラリーシャの隣にいた少年がいきなり前に進み出て、こう言い募ったのだ。

「前線の将兵らに恩賞を約束し、フェンス男爵がその期待に応え、まさに英雄的働きで国難を退けたのです！　にもかかわらず約定を違えて褒美を与えぬとなれば、王家は後ろ指を差されましょう！　もしまたいつか今日のような戦が勃発した時、いったい誰が前線で奮起するでしょうか？　それは国を危うくする所業に相違ありませぬ！」

と、レナウンが役者ばりに髪を振り乱しながら訴える。

周りは唖然呆然だ。

まさか彼自身の口からこんな言葉が出てくるとは、誰も思っていなかっただろう。

ラゼル四世が、シャイナ妃が、さらにはフェンス男爵でさえあんぐりとなっている。

もちろん、一番驚いているのはクラリーシャである。

（で、殿下⁉　レナウン殿下あ⁉　いきなり何を言い出すんですか！？？？？？）

目の前にいる婚約者の、悲劇の主人公ばりに慨嘆している後ろ姿を、穴が開くほど見つめる。

しかしレナウンはこちらの気も知らず、

「王国の盤石のためならば、余らの婚約はなかったことにすべきだ！　無論、余とて許嫁を――他ならぬリーシャを失うのは辛いっ。だが苦渋の想いで彼女を諦めよう……！」

（えええええええええええええええええ⁉）

「どうか約束して欲しい、フェンス男爵！　リーシャを大切にすると。余に代わり、良き舅として必ず幸せにしてくれると！」

（えええええええええええええええええええええ⁉）

レナウンは被害者ぶっているが、言っていることは一方的な婚約破棄だ。

さも理屈は通っているが、クラリーシャに一言の相談もなく決めていいことではないはずだ。

日々努力を忘れない、尊敬できると王子だと思っていたのに。

だから、ずっと支えてあげたいと思っていたのに。

（でもわたくしたちの信頼関係は、こっちの一方通行だったたってことですか⁉）


しょっくが、おおきい。

愕然となっていると、レナウンに突然抱きしめられた。

これが別れの抱擁だと、最後になると、まるで名残(なごり)を惜しむように震えながら、小声で耳打ちしてくる。

「ようやく余にも幸運が訪れたことを、天の神々に感謝せねばな……っ」

と、驚くべき台詞を。

ほくそ笑む気配とともに。

うつむいたレナウンの表情は周囲の誰にも――そしてもちろん、抱きしめられたクラリーシャからも――見えなかったが、邪悪そのものの笑みで毒々しく彩(いろど)られていた。

体の震えもまた、暗い愉悦(ゆえつ)によるものだった。

「どういうことですか、殿下……？」

「余は父上がそなたを――貴様を婚約相手に選んだことを、ずっと恨(うら)んでいたのだ。完全無欠の淑女(フローレスレディ)だと持て囃(はや)される貴様に対し、余はまるで釣り合いのとれぬ王太子だと、陰で笑われているのが業腹(ごうはら)で仕方なかったのだ」

「そ、そんなことは決して――」

ない、と言おうとしてクラリーシャは、しかし言い切れなかった。

確かに二人が並んだ時、自分ばかり周囲から持ち上げられる傾向は、前から感じていたのだ。

「余とて努力はしたっ。しかしどれだけあがいても、もがいても、貴様にはまるで追い付けぬ。当然の話だ、貴様は余に輪をかけて勤勉なのだから、追い付ける道理がない」

「で、でもでも例えば馬術でしたら、殿下がわたくしを超える日も近いと話したばかりではありませんか」

「……貴様に勝つため、余は密かに天下の名馬を購ったのだ」

「えっ」

「乗れば誰でも勝てる馬だと言われて、千金をはたいたのだ。にもかかわらず、余は今日まで貴様に勝てずにいたのだっ」

「知らなかったですそんなの」

「ああ、貴様は何も知るまいよ。無邪気に鍛錬を続け、軽々と高みへ上り詰めていく貴様のようなバケモノには、凡人の胸中など想像すらできまいよ」

「そう仰る殿下こそ、王太子に相応しい不断の努力をご信条となされる、真の英才ではございませんか……」

「ハッ。余はとっくにその努力をするのが虚しくなり、さもしく体面を保つための策ばかり巡らせるようになっていたのさ。教師らには余にだけあらかじめ答えを教えるように命じていたし、佞臣と承知でイエスマンを集めて日々人望が高まっているように見せかけていた」

「そんな……」

明かされる衝撃の事実の次々に、クラリーシャはもう溺れてしまいそうだった。

一方、レナウンは今までさぞ恨み骨髄だったのだろう。

毒をまぶしたような囁き声を、クラリーシャの耳元にこれでもかと吹き込んでくる。

「貴様の背丈も、余には憂鬱の種だった。常に上から見下ろされるのが屈辱だった。並んで立った時、余のみじめさが誰の目にも浮き彫りなるのが我慢ならなかった」

「身長は好きで大っきくなったわけではありませんしっ」

「もっと言えば、余は母上のように胸の大きな女が好みなのだっ。貴様は本当に何から何まで不本意極まる婚約相手だった」

「ひ、ひどいっ」

「余は貴様が大嫌いだ。その貴様と婚約破棄する僥倖を得られて今、天にも昇る心地だっ」

レナウンは言いたい放題に毒を吐き出すと、せいせいしたようにクラリーシャを突き放した。

そして声を張り上げ、広間の一同に知らしめた。

「リーシャもまた婚約解消に同意してくれた！」

などという嘘を、臆面もなく。

「彼女が愛国心と献身の精神にかけて人後に落ちぬことは、諸卿らもよく知るところだろう！　そのリーシャだ、陛下の詔勅の不可侵を護るため、また救国の英雄の求めに応えるため――将来の国母の座も諦め、喜んで男爵家へ嫁ぐと言ってくれた！」

またももっともらしい理屈を捏造し、まくし立てるレナウン。

しかし聞いた一同は、納得顔でどよめいた。

公爵令嬢が我が身を犠牲に男爵家へ嫁ぐのだと、そんな空気が醸成されつつあった。

もちろん、クラリーシャはそれを否定できる。

レナウンの今の発言は虚偽だと告発できる。

だが、したところでどうなるというのだ？

婚約破棄を認める気はなく、このままレナウンと添い遂げたいと主張するのか？

見下げ果てた本性をさらけ出した、こんな男と？

（考えてみれば、これはわたくしにとっても僥倖なのでは？）

王太子の本性を知ったのが結婚の後だったら悲劇だが、前なら不幸中の幸いというものでは？

しかもあちらの方から婚約をなかったことにしてくれるというし。

将来の王妃の座だって、別に執着も未練もない。

赤子の時からそうあれと決められていた責務だから、相応しい人物にならんと努力を怠らなかっただけで。気ままに愛馬を駆っている時の方が楽しい性分だし、宮廷など窮屈で仕方なかったというのが全き本音。

（うん。やっぱりわたくし、ノーダメですね）

クラリーシャはどこまでもタフにそう結論した。

そして、そうとなれば決断は早かった。

「全て殿下の仰せの通りです。わたくしはフェンス男爵家へ嫁ぎましょう」

一部の隙（すき）もない淑女の礼（カーテシー）とともに、優雅に宣言する。

受けてフェンス男爵が喜色を浮かべ、国王もどこか安堵（あんど）した顔を見せる。

それでよい。

いずこから待ったがかかる前に、さっさと決定事項にしてしまうに限る。

特に父親がもしこの場にいたら反対しただろうが、幸い今は領地に戻っている。

もちろん、見ず知らずの男に嫁ぐのに不安がないと言えば嘘になるが、レナウンと結婚するより百倍マシに違いないと、クラリーシャはすっぱり割り切った。

なんなら「将来の毒夫から逃げる口実に利用させてもらおう」くらいに思っていた。

どこまでも前向きで、めげない少女――それがクラリーシャだった。

「ごきげんよう、殿下。どうか今度こそお幸せに」

別れの挨拶(あいさつ)を済ませ、そそくさと退散しようとする。

「……嫌味か」

とレナウンは思いきり顔を顰(しか)める。

クラリーシャにそんなつもりはないのに、どうしてそんな風に歪めて受け取るのか、不思議だった。

でもすぐに、

(なるほど、これがわたくしには殿下のご胸中を想像できないということ)

と納得できた。

世の中には、永遠にわかり合えない相手というものがいるらしい。

一つ勉強になった。クラリーシャはそう思った。

「本当にすまなかった、クラリーシャ嬢。この通りだ」

フェンス男爵マテウスは開口一番そう言うや、深々と頭を下げた。

堂々たる体軀と、一流の武人の姿勢の良さを持つ彼だから、陳謝の仕種一つとっても見応えがある（というのも変な表現になるが）。

国王との謁見が終わった後、すぐのことである。

宮殿内にいくつもある貴賓室の一つ。

壁際(かべぎわ)には王宮付きの侍従や女官が待機しているが、貴族文化的には「二人きり」と称してよい状況だ。

「オレのことはさぞや恨んでいるだろう。だが、倅のことは勘弁してやってくれないか。愛して欲しいとまで図々しいことは言わないが、支えてやって欲しいんだ」

舅となる英雄が一向に頭を上げず、嫁となる小娘に懇願する。

（無茶苦茶なことを言い出す人だと思いましたが、案外まともな方なのかしら？）

性分というか、クラリーシャはつい好奇心が疼(うず)いてしまう。

「頭をお上げください、お義父様(とうさま)」

「！　オレを義父(ちち)と呼んでくれるのか？」

「お嫁に行くと自分でも決めたのですから、当然のことです」

「すまない……。オレのことは存分に恨んでくれていい」

「いえ、自分の人生紙風船ぶりには正直、呆れ返る気持ちを禁じ得ないのですが、お義父様のことは別段恨んでおりません」

「そうなのか……？　このまま行けば王妃だった公爵令嬢が、いきなり田舎男爵の嫁に落ちぶれたんだぞ？　恨まれて当然だと覚悟しているが……」

「王妃様の地位も公爵令嬢の立場も、わたくしにとってはさほど魅力がございませんので」

「なんと、そこまで⁉」

舅殿は意外そうに、ただでさえ丸い目をもっと丸くした。

その愛敬に、クラリーシャは口元に拳を当ててクスクスと笑う。


まあ世間一般の常識的には、それらの地位や立場は羨望の的であろう。

しかしクラリーシャは断じて違う。

その理由を舅となる人に語る。

「わたくしは亡き祖母を心から敬愛し、祖母の教えを金科玉条としております」

「偉大な女傑であらせられたそうだな。名門中の名門ランセン公爵家を、一代でさらに強靭な御家にしたとオレも伝え聞いただけだが」

「ええ、仰る通りです。そして祖母は東方の帝家の血筋だったわけですが、ランセンへの降嫁を嘆いたことは一度もなかったと、わたくしも父母から聞いております。なぜなら――」

「なぜなら？」

舅殿が強い興味を抱いてか、前のめりになって続きを待った。

クラリーシャは改めて噛みしめるように言った。


「――『人生の幸せは他者に与えられるものではなく、自分の腕力でつかみとるものだ』と」


それが祖母の一家言であり、また自分が心の深い部分に刻み付けている教えである。

舅殿が「素晴らしい！」と膝を叩き、クラリーシャはにこりとして話を続ける。

「確かにわたくしは裕福な暮らしを享受しておりますが、それはたまたま公爵家に生まれただけのこと。将来の王妃の地位も、赤子のころより約束されたもの。どちらも自力でつかみとったわけではありません。それがわたくしには正直、不甲斐なく思えてしまうのです」

「なるほどなあ……」

と舅殿も感心したようにうなずいて、

「無茶を承知であんたを嫁にもらって、やっぱり正解だったよ」

こちらを見る救国の勇者の瞳に、確かな敬意の色が浮かぶ。

「何かご事情があったんですね、お義父様？」

「深い事情じゃない。それとこっちの身勝手な理由にすぎないのも変わらない」

そう前置きしながら、今度は舅殿が説明してくれた。

「ウチはオレでようやく三代目の、吹けば飛ぶような男爵家だ。オレのジイサンがエスパーダ辺境伯家に仕えた騎士でな。匪賊(ひぞく)退治で何度も武勲を立てて、先々代のご当主に目をかけられて、そんで当時の国王陛下に推挙までしていただいて爵位をもらえたんだ。そっからはジイサン、オヤジ、オレと――とにかく辺境伯の顔を潰(つぶ)さないよう、貴族の血筋(ブルーブラッド)のなんたるかは理解できなくても、せめて王国のために役に立てるよう頑張ってきた」

「素晴らしいお話ですわ。家柄なんていくら古くても、建国時のご先祖様が立派だったというだけで、今はあぐらをかいて貴族の矜持(ノブレス・オブリージュ)も努力も忘れてしまっている方々が、大勢いますもの」

「ハハハハハ！　嫁御はなかなか口さがない！」

　クラリーシャが冗談めかして実情をぶっちゃけると、舅殿が豪快に笑ってくれた。

　そして一転、真剣な顔つきになって、

「とにかくだから、我が家は当主自身がしっかりしてないと、いつお取り潰しになっても不思議じゃない――王国に不要だったと陛下や辺境伯が考え直したら終わり、そんな状況なんだ」

「対ミッドランド戦線での大殊勲は、まさにそのご覚悟の賜物というわけですわね」

　クラリーシャもまた大いに感服した。

　危険な作戦に志願し、奇襲という困難な任務を見事にやり遂げた男の言葉は、重みが違う。

　未来の毒夫(レナウン)から逃げるためとはいえ、見ず知らずの相手に嫁ぐことになってもあまり忌避感(きひかん)がなかったのは、少なくとも舅になるのがこのような勇者だという要因が小さくないだろう。

「お義父様が何を仰りたいのか、見えてきました。つまり四代目――わたくしの夫となる方もしっかり当主を務めてくださらないと、フェンス家が取り潰されてしまうかもしれないと、そうご懸念なのですね？」

「そう！　まさにそうなんだ、クラリーシャ嬢！　問題は倅のジャンなんだよ」

よくぞ理解してくれたと、舅殿が快哉を上げる。

「ジャンはオレに似なかったのか……体はヒョロヒョロで武術も馬術もてんでダメだし、覇気がなくて郎党どころか使用人にさえ舐められている。しかもここ最近は一日の大半をウジウジと部屋に閉じこもって始末に負えんのだ。学校にはちゃんと通っているから、引きこもりってわけじゃあないんだが……」

「運動は苦手でも、部屋で勉学に励んでらっしゃっているのでは？」

「それが成績も話にならないレベルだって、教師が口をそろえて言うんだ。オレも学や教養は威張れたもんじゃないから、せめてそこを倅が補ってくれるなら、次期当主として頼もしいんだがなあ……」

天を仰いで嘆く舅殿。

立派な巨漢がすっかり小さくなって見える。

「でしたらジャン様は、部屋で何をなさっているのですか？」

「どうも趣味に没頭しているようなんだが、それが何かは頑なに教えんのだ。どうせ人様には言えないような、ろくでもない趣味なんだろうが……」

「まあまあ、決めつけはよくありませんわ、お義父様」

「……そうだな。最後のは取り消そう」

クラリーシャがやんわりと窘めると、舅殿は素直に訂正した。

そして続けて、

「昔はジャンもこうじゃなかったんだ……。素直で、頑張り屋でな……良い子だったんだよ。剣の稽古や勉強に一生懸命で、オレが褒めてやるとそりゃもう大喜びでなあ……」

と昔を懐かしむように、しみじみと語った。

「いわゆる反抗期ということなのでしょうか？」

「……かもしれん。五年前に母親を亡くしてな。あれからオレとジャンの仲は、どうにもギクシャクするようになってしまった。オレはガサツな性格だし、あいつの心情をケアしてはやれなかった。男親一人になっても立派に育てようと気負うばかりで、厳しくしすぎたのもあった」

と自省する舅殿。

しかし義父とて最愛の妻を早くに失ったわけで、その悲しみを堪えつつ親として完璧に振る舞うことは、決して容易ではなかっただろうとクラリーシャは同情した。

「お義父様は、昔のジャン様に戻って欲しいとお考えなのですね？」

懐旧に耽る舅殿の、やけに小さく見える姿からそう察した。

「ああ、そうなんだよ。……いや、素直じゃなくてもいい。オレのことは嫌ってくれてもいい。だけど昔のように何事にも一生懸命な、立派な当主になってくれなけりゃあ困ると、弱り果てていたんだ。そしてそこに聞こえてきたのが、あんたの噂だ」

「わたくしのですか？」

「正確にはあんたたち、か。それまで『正直頼りない』という評価だったレナウン王子が、クラリーシャ嬢とともにすごすようになって以来、たった二年で人が変わったと耳にした」

「ま、まあ、確かに殿下は、初めてお会いしたころは……その……ちょっと？　頼りないところがあったかもしれませんが。でもそれもほんの最初のうちだけの話で、何しろ見上げるほどの努力家ですから……最初はちゃんと本当に努力家でしたから、すぐに頼もしいお方に成長あそばしましたよ？」

「あんたに触発されて、二人で切磋琢磨した結果だとオレは聞いた。おかげで今では王太子に相応しいご立派な御方になったともな」

舅殿の言い方では、まるでレナウンが努力を始めたのも、あくまでクラリーシャの影響だとばかりだった。

実際レナウン自身からもつい先ほど、その裏付けとなるような恨み節を聞いたばかりだった。

だから——と舅殿は続ける。

「クラリーシャ嬢が嫁に来てくれたら、不出来な倅も人が変わったようになるんじゃないかと、立派な当主に成長してくれるんじゃないかと、そう期待した。幸い歳も同じだしな。これがあんたを褒美にくれと、陛下に要求した理由なんだよ」

（理由はわかりましたけど、わたくしにそんな殿方を別人にしてしまうほどの影響力があると!?

わたくし、魔女ではないのですがっ!?）

やっぱり無茶苦茶な話だと、クラリーシャは困惑を禁じ得ない。

その一方で、こうも考える。

舅殿だとて無茶苦茶なのは承知で、まさしく藁(わら)にもすがる想いでクラリーシャを頼ったのではないかと。

「フェンス男爵家が潰れれば、一族郎党が路頭に迷う。それだけは避けにゃならんのだ……」

事実、舅殿はひどく思い詰めた顔でそう言った。

そして、それこそがまさに貴族がなすべき責務(ノブレス・オブリージュ)と努力。

強い覚悟を見せられて――
クラリーシャは己(おのれ)の心に、カッと火が点(とも)ったのを感じた。

その強い想いのままに、自分もまた肚(はら)を括(くく)って言った。

「わかりました、お義父様。まだお会いしたこともないジャン様を愛せるかどうかは自信がございませんが、妻として支えるとそれはお約束いたします」

「っ。……ありがとう、クラリーシャ嬢。レナウン殿下にも言われたが、せめてものあんたは大切にすると約束する。どうか身一つで我が家に来て欲しい」

熊めいた大男が、感極まったように鼻の下をこする。

そんな舅殿に、クラリーシャは意気込みと抱負を語る。

「わたくしも全力でお家のためにがんばります。皆の力を合わせ、吹けば飛ぶような男爵家から脱却いたしましょう！　まずはお義父様の代の間に子爵家へ陞爵し、ジャン様の代で伯爵家へ!!　ゆくゆくはわたくしが産んだ子を鍛えに鍛え、侯爵家へ上り詰めるのです！！！」

まくし立てたクラリーシャの言葉を、舅殿は唖然となって聞いていた。

しかしクラリーシャは興奮のていで、

「ああっ、血が騒いできましたわっ。これこそ自分の腕力で幸せをつかみとるということっっ。親に与えられた立場や約束された地位よりも、遥かに人生の醍醐味にあふれているというものですわっっっ」

――と。

そのはしゃぎっぷりは今し方、王太子に婚約破棄され、公爵令嬢から落ちぶれることとなった悲運な娘の態度とは、到底思えるものではないだろう。

壁に徹するのが役目のはずの侍従や女官たちでさえ、目を瞠らずにいられない。

そして舅となるフェンス男爵は、極めて好意的な苦笑いとともに言った。

「めげない人だな、あんたは……」

クラリーシャは口元に拳を当て、クスリとして答えた。

「ええ、よく言われます。わたくしの唯一の取柄なんです」

舅殿が言い出した。

「ランセン公爵は現在、所領に戻っておられるそうだな。オレは明日王都を発ち、ご息女を嫁にもらうご挨拶に伺おうと思う。さぞかしお叱りを受けるだろうがな」

クラリーシャは答えた。

「ええ、叱られるどころかきっと面倒なことになりますので、ご挨拶は見送った方がよろしいかと。代わりにわたくしが一筆認めて事情説明をいたしますので、お義父様は使者の方だけご用意くださいませ」

聞いて舅殿はまた丸い目をさらに丸くし、

「手紙一通で全部済ませるってのか？」

クラリーシャはとってもイイ笑顔になって、

「はい！　下手に説明しに行けば、父が『そんな婚約など認めん！』とか言い出しかねませんので。それより明日にも一緒に王都を発って、ジャン様の元へ向かいましょう。**なし崩し的に**婚約を成立させましょう」

「し、しかし、それではあんたの輿入れの準備もままならんだろう。こんな事情だし持参金や結納品なんか別に要らないが、あんた自身が使う身の回りの品とか着替えとか、それに連れていく侍女の選定だって必要だろう？」

「あ、それでしたらわたくし、手ぶらで伺いますし侍女も連れていく気はございません」

「…………」

とても貴族のご令嬢とは思えない型破り且つ豪胆な発言をしたクラリーシャに、舅殿はもう絶句していた。

「身一つで来ていいと仰ってくださったのは、お義父様ですよ？」

「そりゃ言葉の綾ってやつで、オレはそんな意味で言ったわけじゃ――いや結局、同じ意味か」

豪胆さでは舅殿も相当なものなのだろう、割り切ったように納得していた。

二人ですぐにも旅立つことになった。

「ジャン様にお会いするのが楽しみです♪」

とクラリーシャは心弾（はず）んでいた。


舅殿はエスパーダ辺境伯に、州軍副司令として仕えている。

ためにフェンス男爵領にある荘園管理用の本邸（カントリーハウス）の他に、辺境伯領の都に職場通勤用の別邸（タウンハウス）を持っており、普段はそちらに住んでいる。

ジャンも同様とのことで、クラリーシャは舅殿とともに州都リュータへと赴いた。

王都から馬車で三週間かかり、暦は四月に入った。

エスパーダ家のお膝元であるリュータは――平時は東西交易の要衝とあって――辺境とは思えない規模を持ち、また栄えている。

通りを行く人々の顔は明るく、みすぼらしい格好をしている者は見当たらない。

西に隣するミッドランドと、つい先日まで戦争していたとは思えないことだ。

（エスパーダ辺境伯のご統治の賜物、当代のご手腕が推し量れるというものですね）

クラリーシャは馬車の窓から街の様子を眺めながら、政治に想いを馳せる（は）という令嬢らしからない思索に耽っていた。

祖母や父親から叩き込まれた習い性だ。

すると対面の席に腰かける舅殿が、誇らしげに言う。

「王都にゃさすがに敵わんだろうが、なかなか良い町だろう？」

「ええ。わたくしが生まれ育ったランセンの本拠地（シティ・オブ・ランセン）にも、勝る（まさ）とも劣らないかと」

クラリーシャはお世辞抜きに答えた。

ただしランセン家は所領であるモーヴ州に、同規模の都市を四つも有しているが。


目指すフェンス家のタウンハウスは、そんなリュータの南通りに面していた。

エスパーダ家の居城にほど近い、比較的中流家庭が集まった住宅街の一角だ。

別邸とはいえ貴族の住まいとしては、小ぢんまりとした四階建て。

しかし周辺の一般家屋に比べれば、まさに「お屋敷」と呼んで差し支えない広さと庭がある。

馬車が玄関先に到着すると、十二人の使用人たちがわざわざ総出で、笑顔で出迎えてくれる。

従僕（フットマン）と一般女中（ハウスメイド）らしき男女でおよそ半々。

この彼らで家庭に仕える全員だろう。

階下の住人だけで百人近くいた、ランセン家のタウンハウスとは比べるべくもない。

上級使用人(アッパー・サーヴァント)と下級使用人(ロワー・サーヴァント)の区別もないようだ。

舅殿が田舎男爵だと自嘲(じちょう)するだけあって、貴族の家というよりは郷紳(ジェントリ)や富豪(リッチマン)に毛が生えた程度の代物――というのが忌憚(きたん)のないところだろう。


だからといって、クラリーシャにはやはり不満などなかった。

今も舅殿が先に馬車を飛び降りて、そのまま使用人たちのところへ行って、「お帰りなさい、旦那様！」「長のご出征より、よくぞご無事で！」と囲まれている。

本来なら、淑女たるクラリーシャの下車に手を貸すのが貴族の作法(マナー)だが、舅殿は恐らくご存じない。

だけど、これも不満はない。

むしろクラリーシャは昔から、たかだか馬車を乗り降りするのに、いちいち男の手を借りるのも、介助を待たねばならないのも、七面倒臭くてしょうがなかったのだ。

舅殿の真似(まね)をして「えいっ」と馬車から飛び降りる。

淑女にあるまじきはしたない振る舞いだが、ここにはそれを見咎(みとが)める者など誰もいない。

（ああ、気持ちいい！）

顔も憶えきれないほどの使用人に囲まれるのは窮屈だし、馬車なんか一人で乗り降りする方がいいに決まっているのだ。

ただこれまでは公爵令嬢として、将来の国母として、相応しい立ち居振る舞いを身につけなくてはならないから我慢していただけで。

馬車から飛び出したこの一歩は、それらの因習やしがらみから解き放たれた、大いなる一歩である。

クラリーシャにはそう思えた。


「遠いところからようこそおいでくださいました、クラリーシャ様」

「旦那様よりこの家のことを任されております、サージと申します」

「あーしはカンナっていうっす。どうぞお見知りおきくださいっす」

馬車を降りたクラリーシャの前に、使用人たちがぞろぞろとやってきた。

みんな純朴な人たちなのだろう、裏表のない笑顔で歓迎してくれた。

クラリーシャは彼ら一人一人の顔を見て、名前をしっかりと記憶して、

「ジャン様に嫁ぐため参りました、クラリーシャと申します」

敢(あ)えて淑女の礼(カーテシー)をとるのではなく、庶民のように深々と頭を下げる。

王都から来た鼻持ちならない女ではなく、皆さんの一家となる女ですと仕種で訴えかける。

その気持ちと意図が伝わったか、

(公爵令嬢サマって聞いてたから、失礼なくお仕えできるか不安だったけど……)

(全然恐くないどころか、気さくなお方じゃないか)

(アタシたちにも優しくしてくれそう)

（しかもさすがお綺麗だし、本当にステキなお嬢様だわ！）

とばかりに使用人たちの笑顔が、ますます花が咲いたようになった。

クラリーシャもにっこり、ダメ押しに、

「王子様に婚約破棄されるような不束者ですので、どうか気兼ねなくおつき合いくださいね？」

「「「アッハイ」」」

さすがにアピール強すぎた。

ドン引きされた。

（ファ、ファーストコンタクトはしくじったかもしれませんわね……）

反応に窮している使用人たちに釣られて、クラリーシャも笑顔を引きつらせてしまう。

「まあまあ、挨拶はその辺でいいじゃねえか。それよりジャンの顔が見えないんだが？」

意外と空気が読める舅殿が、その空気を入れ換えてくれる。


この場の顔ぶれに使用人たちのものしかなかったのは、クラリーシャも気になっていた。

ジャンが頼りにならない人物だというのは事前に聞かされていたが、それにしたって出迎えもしてくれないというのは少し薄情に感じられた。

「そ、それが若様は、今日も朝から部屋にこもりきりで……。何度もお声がけしたのですが、一向にお顔を出してくれない有様でして……」

使用人を代表してサージという初老の男が、舅殿へしどろもどろに説明する。

これには舅殿も目を剝いて、

「なんだとっ。お嫁さんが遥々来てくれたんだぞ⁉　先触れだって出していたはずだっ」

「もちろん、若様にもお伝えしました。ですが、『勝手に婚約を決められても認めない』と仰せで……」

「バカ息子がっ！」

怒鳴り声を上げるフェンス男爵。

それから一転、今度は舅殿がクラリーシャへしどろもどろになって、

「すまない、クラリーシャ嬢……。今すぐオレが倅を引きずり出してくるから、どうか見限らないでやってくれないか……」

「いいえ、お義父様のお手を煩わせるまでもなく、わたくしがご挨拶に参ります」

「……いいのか？　というか、あんたは腹を立てていないのか？」

「はい。これしきのことで怒るほど、高慢ちきではないつもりです」

クラリーシャは口元に拳を当て、クスクスと忍び笑いする。

「それに第一、ジャン様のことを支えてあげて欲しいと仰ったのはお義父様ですよ？　これしきのこと自力でなんとかできねば、内助の功もございませんでしょう？」

「……あんたは本当に義理堅い人だな、クラリーシャ嬢」

「というかわたくし、できない約束はしない主義ですので」

「ハハ、それを義理堅いっていうんだよ」

舅殿が感心を覚えたように、ますますクラリーシャに好感を持ったように、温かい笑みをにっかと浮かべた。


それからクラリーシャは屋敷に入り、三階にあるジャンの部屋へと向かう。

案内は同年代の、鳶色（とびいろ）の髪のメイドが買って出てくれる。

先ほどカンナと名乗った娘だ。

動作が機敏で、働き者らしいのが窺えた。

そして部屋の前に着くや、無作法な手つきでガンガンとノックする。

「若様、若様！　未来の奥様が来たっすよ！　いい加減、ここ開けてくださいっすよ！」

『うるさい、カンナ！』

返事はただちにあった。

これがクラリーシャの、未来の旦那様の声だろう。

高くも低くもなく、今は苛立（いらだ）ちのせいかひどく尖（とが）った声が、部屋の中から聞こえた。

他でもない婚約者がもう部屋の前まで来ていることに、ジャンは気づいていないのだろう。遠慮のない口調で続けた。

『僕は忙しいし、そのお嬢さんと会うつもりもない！』

「いい歳してダダこねるのはみっともないっすよ！　未来の奥様、めっちゃ美人っすよ！　ぶっちゃけ若様、ラッキーすよ！」

『関係ないね！　いいから早くお引き取り願えよ！』

固く閉ざされた扉の向こうで、頑なに言い放つジャン。

取り付く島もないとはこのことだろう。

どうしてここまで強烈に婚約を──否、クラリーシャを拒むのか。

（せめて会って、話して、馬が合わなかったということでしたら、理解もできるのですが）

クラリーシャは首を傾げる。

「いい加減にしないと旦那様がブチギレるっすよ！」

カンナが無作法なノックを続ける。

果たしてジャンは答えた。

『キレそうなのは僕の方だよ！　父さんもカンナも──みんな、どうかしている！　そのお嬢さんは公爵家の生まれなんだろう？　しかも将来の王妃サマになる予定だったんだろう？　そんな立派な女性が、父さんのワガママで男爵の倅と婚約させられるなんて、ひどい話じゃないか！　一回そのお嬢さんの気持ちになって考えてみろよ。しかも王子に婚約破棄されたばかりなんだろ？　傷心だって癒えてないだろうに、可哀想だろうが』

と、義憤に駆られた様子でまくし立てたのだ。

（あらあら……。まあまあ……）

聞いてクラリーシャは穏やかに微笑(ほほえ)んだ。

薄情な人かと思えば、違った。

クラリーシャのことが嫌で拒絶しているのかと思えば、違った。

大違いだ。

ジャンは相手となるクラリーシャの立場と心情を思い遣り　その結果として婚約を拒否していただけなのだ。


「若様の言い分はわかったから、旦那様に直接言ってくださいっすよ！」

『嫌だね！　部屋から出たら、それこそ父さんの思う壺だ』

「ブチギレた旦那様が悪鬼(オーガ)と化して突入しても知らないっすよ!?」

『ハッ、鍵(かぎ)をかけた上に中からつっかえ棒をしてるから無理だね。父さんでも誰でも、入れるもんなら入ってみろよ！』

「なんて大人げない！」

呆れ返りつつ、まだガンガンとノックをやめないカンナ。

そんな仕事熱心なメイドを、クラリーシャは「もういいです」と制止する。

「え、どうしてっすか？　ま、まさかやっぱり嫁入りはナシってことっすか？　早や若様に愛想(あいそ)尽きたっすか!?」

「いいえ、それはないです。むしろお嫁に来て正解だったと感激しているところです」

先ほどのクラリーシャを慮る一言を聞けただけでも、そう思えた。

たとえジャンが貴族の嫡男としてはダメダメでも構わない。

品性下劣な正体を現したレナウンより、結婚相手として百倍マシに決まっている！

「ですからわたくし、これは是が非にでもジャン様にお会いしようと思います」

いったいどうやって——と顔に「？？？」を浮かべるカンナに向かって、クラリーシャはイタズラっ子めいた顔でウインクした。

フェンス男爵家・嫡子ジャンは、後に述懐している。

クラリーシャと出会ったその時の衝撃は、一生忘れることはないだろう、と。

この日、ジャンは朝から部屋に閉じこもり、趣味に没頭しようとしていた。

父親のワガママで連れてこられた婚約者とは、敢えて心を鬼にして会わないつもりだった。

そう、クラリーシャ嬢は被害者であって、何も悪くない。

責任は全て、強引な性格の父親にある。

「ああ、ムナクソ悪い。せっかくの創作日和だってのに、父さんのせいで台無しだよ」

机にかじりついて羽ペンをいじりながら、ぶつぶつと愚痴をこぼす。

窓から入る春風が心地よくて、普段ならさぞ思索が捗ったろうに。

「お嬢さんだって、せっかく遥々来てくれたのにな。さぞ僕のこと恨んでるだろうな」

拭えない罪悪感が疼いて、まるで書き物に集中できない。

そして、

「でも婚約拒否しておきながら、良く思われようだなんてのも、僕のワガママだよな。じゃあ、やっぱ徹底して悪役になるべきだよな」

と、ジャンがそう独白しつつ全く乗らない羽ペンを机に放り出したのと――

「うふふ。ジャン様はとても潔い方ですのね」

と、少女の可憐な声が突如として聞こえたのは――

奇しくも同時だった。


「……は？」

いきなりのことに唖然となるジャン。

今の声はなんだ？

どこから？　誰が？

思わず振り返って、自室を見回そうとする。

そして、目の当たりにした。

両手両足でロープをつかんだ美少女が、
窓から勢いよく飛び込んでくる、
トンデモナイ光景を……。

「『入れるものなら入ってみろ』とのことでしたので、来ちゃいました」
彼女はロープを離すとまるで腕白坊主のように、ぺろっと可愛く舌を出してみせた。

第二章　イイ男だって自らの手で作り出すもの

遡る(さかのぼ)こと数分前――

クラリーシャは館の屋根の上に立っていた。

ドレスは脱いで、動きやすい格好に着替えている。

さすが四階建て、地上までの高さは十四ヤード（約十三メートル）はあろうか。

前庭にいる使用人たちが、ハラハラとこちらを見守っている。

（ど、どうか無茶はやめてください！）

（貴族のお嬢様のやることじゃないですよ！）

（あああ心臓に悪い……っ）

とクラリーシャを見上げるその目が訴えている。

彼らがこちらの身を案じてくれているのはうれしいが、

（このくらいの高さ、平気ですよ。足場(やね)だってちょっと傾いてててすべりやすいだけで、別に綱渡りをしているわけじゃないんですから）

クラリーシャは平然と笑顔を向け、ひらひらと右手を振って応(こた)える。

一方、左手には丈夫なロープを持っていた。

屋根裏部屋の窓から外へ出てくる時に、クラリーシャの体重より重いベッドの足に括りつけてから、反対端を引っ張ってきたのだ。

そして、それを屋根の下へと垂らす。

もちろんジャンの部屋の窓に目がけてだ！

ちょうど直上にカンナが起居する屋根裏部屋があったので、ロープの支点を結ぶのに使わせてもらったというわけである。

「本当に大丈夫か、クラリーシャ嬢？」

その屋根裏部屋の窓から、舅殿が不安げな顔を出していた。

窓枠が小さくて、巨漢の彼は外に出てこられない。

「これくらい朝飯前ですわ、お義父様。では御免あそばせ！」

クラリーシャは軽快に返事をすると、ロープを使ってするすると下降していく。

両手両足を使ってしっかりと体を保持しつつ、丸一階分を降りるくらいならあっという間。

まさに熟練の身ごなし。

残り少しのところまで来ると壁を蹴り、一度屋敷の反対側へと大きく離れて、振り子の要領で窓から部屋へと突入する。

種明かしをすれば――これがジャンの部屋に、クラリーシャが窓から現れた経緯だった。

「ようやくお会いできましたわね、ジャン様。既にお聞き及びのことと思いますが、わたくしがこのたび嫁ぎに参りました、クラリーシャと申します。不束者ですが、末永くよろしくお願いいたします」

窓辺に雄々しく立ったクラリーシャは、ロープを離すと挨拶する。

同時に、初めて会う未来の夫を観察する。

まず目に付くのは、その背の高さ！

クラリーシャの乱入に驚き、机から腰を浮かせている彼の、その中腰の体勢且つ猫背ぎみの姿勢からでもわかるくらいの長身だ。

目測、六フィート四インチ（約一九三センチメートル）。

肩幅も申し分なく、父親譲りの立派な体格である。

ただし筋肉も脂肪も全然ついてなくて、ガリガリの痩せぎす。

なまじ背が高い分、よけいにヒョロヒョロとして見えて、頼りない印象が強い。

（ですがこの方ならわたくしの背丈が大っきな分にも、文句を言われずにすみそうですね）

レナウン王子に「並んで立つとみじめになる」と、恨み言をぶつけられたばかりだ。

おかげで自分の背の高さが、コンプレックスになってしまうところだった。

次いでわかるのは、ジャンは身だしなみには頓着がないタイプのようだということ。

小麦色の髪を伸ばし放題にして、櫛も入れてないから、まるで海藻みたいになっている。目元まですっかり隠れてしまっていて、人相も判別できない有様。

総じて「イケてない」男子――それがジャンであった。

一方でジャンの目には、果たして未来の妻は初対面でどう映っているだろうか。

「あんた、バカかよ⁉」

(いきなり罵倒されましたわ⁉)

しかも貴族にあるまじきぶっきら棒な言葉遣いで、クラリーシャは二重にびっくりする。

「王都でできたお友達の皆様から『変わり者』と言われたことは多々あるのですが、『バカ』は初めてですわ……」

「どこから入ってきてんだよって言ってんの！」

「窓からですが何が？」

「非常識だと思わないのかよ！」

「非常識なのはジャン様もご一緒では？」

クラリーシャは扉の内側に立てかけられた、つっかえ棒を指し示す。

「そっ、それは僕も反論できないけど……。だからって窓からはないだろ⁉　落ちたらどうするんだよ、危ないだろ！」

「もしやわたくしの身を案じ、わたくしのために怒ってくださっているのですか？」

「そ、そんなわけないだろっ。イイ方にとるなよっ」

（半分くらいは『そんなわけある』というお顔をしてらっしゃいますけどね）

口は悪いが、やっぱり根は優しい人らしい。

一つ良いところを見つけた。

そんな未来の夫に、自己紹介がてら教える。

「ちなみにこれしきのこと、わたくしにとっては危険でもなんでもないです。ロープワークも懸垂下降も、幼いころから叩き込まれておりますから」

「ハァ⁉　あんた、公爵令嬢なんだろ⁉」

「ええ、わたくしの生家であるランセンは王国開闢以来、東方を守護してきた武門の家。また、わたくしの生地であるモーヴは尚武の州。武術・馬術・体術の一通りは基礎教育というものですわ」

「女なのに⁉　しかもあんた、本来なら王妃サマになる予定だったのに⁉」

「生まれた時からそう決まっていればこそ、父と祖母はわたくしに厳しく仕込んだのです。一朝事あらば、我が身を呈して玉体をお守りするのが、王妃の務めというものですもの」

「何もかも非常識すぎだろ、ランセン公爵家……」

「お褒めに与り恐縮ですわ」

「一個も褒めてねえよ！」

（半個くらいは褒めて……いえ、これは本当に褒めてないお顔ですわね）

クラリーシャはしゅんとなる。

そして、うつむいた拍子に気づいた。

部屋のそこかしこに、何か書きものをした紙が散乱している。

「あらあら、ジャン様ったら。日々の整理整頓が、健やかな精神を育むのですわよ」

一転して笑顔になり、夫の部屋を掃除する奥さん気取りで紙をひろい集めようとする。

上級貴族の夫人ならば家事など一切やるものではないが、自分は雇用使用人十人程度の男爵夫人になるのだから、ある程度担うのは当然のこと。

「読むな！　触れるな！」

ところがジャンはすごい剣幕で、クラリーシャがひろった一枚を奪い取った。

残りの床の紙も、大慌てでかき集める。

「申し訳ありません……。チラッと目に入ってしまいました」

許嫁となる人に嘘はつきたくなくて、クラリーシャは正直に自己申告した。

ジャンの手書きだろう、『好きスキ大好きアイシテル！』と情熱的に綴られていた。

「失礼ながら確認させていただきますが、恋文ですか？　もしやジャン様には既に意中の方がいて、それもわたくしとの婚約を拒む理由になっておられるとか？」

なるほどそれならこの頑なさも理解できる。

「いや、好きな人なんかいないよ」

と思ったら違った！

「というか、同年代の女性の知り合いがカンナくらいしかいない……」

「ですが学校（スクール）には通っていらっしゃるのでしょう？　貴族のご令嬢方が周りにたくさんいらっしゃるのでは？」

「その貴族のご令嬢サマ方ってヤツが苦手で、まともにしゃべることもできないんだ……」

「エッですがわたくしとは遠慮なくしゃべってらっしゃいますよね……？」

「窓から突入してくるあんたは、貴族のご令嬢って気がしない。良くも悪くも」

「ああっ反論できません！」

クラリーシャはガーンとショックを受ける。

でもすぐに「まともに話せない状態より、婚約者として適切なファーストコンタクトなのでは？」とイイ方に考えて立ち直る、どこまでもめげない女。

話を元に戻して、

「ラブレターではないのなら、何を書いていらっしゃったのですか？」

「…………」

「もしやジャン様が秘密にしていらっしゃるという、ご趣味に関わることですか？」

「父さんはそこまでペラペラしゃべったのかよ……」

「まあまあ、どうして秘密にしてらっしゃるかくらい、せめて教えていただけませんか？」

「…………」

クラリーシャは丁寧（ていねい）にお願いするが、ジャンはにべもない態度で口をつぐむ。

（困りましたねえ。すごーく高い壁を感じますわ）

こんなことで自分たちは夫婦になれるのだろうか。

いや実際、ジャンの方は否定しているわけだが。


「……あんたにだけは、話しておかなきゃならないことがある」

そのジャンがわずかの逡巡の後、そう切り出した。

口調こそ変わらずぶっきら棒だが、クラリーシャを見る瞳には誠意の色が窺えた。

「まあ！　ご趣味のこと、打ち明けてくれる気になったのですね？」

「違う！　そんなわけあるかっ」

「それは残念です……けれど伺いましょう。大切なお話なのですよね？」

確認すると、ジャンは重くうなずいた。

そして、断固として告げた。

「僕は男爵家を継ぐつもりはない」

「ええっ」

「父さんに言われて大人しく学校に通っているのも、家を出る準備がまだできてないからだ。それが済み次第、僕はこの家とも父さんとも縁を切る」

「なんとっ」

「だからあんたが、父さんとの約束を守る必要はない。こっちが不義理を働いてるんだ、あんたは胸を張って好きに生きたらいい」

「そんなあっ」

寝耳に水の事態に、思わずカタコトになってしまうクラリーシャ。

覚悟を決めて男爵家に嫁ぎにきたら、今度は婚約相手がその爵位を継がないと言い出した。

（わたくしの人生紙風船ぶりも極まってきましたわ）

ここまで来ると逆に笑いが出てしまう。引きつった笑いが。


「わかりました、ジャン様。そのことについては、今後みっちりと話し合っていきましょう」

「悪いけど僕の意志は固いから。今すぐ出ていってくれ、ここは僕の部屋だ」

「うっ。お邪魔しました」

出入り口の扉をビシッと刺され、クラリーシャはショボショボと出ていく。

ジャンに「入れるものなら入ってみろ」と（挑発とはいえ）許可されたから、破天荒な手段を使ってお邪魔したのである。部屋の主に出ていけと言われれば、従わざるを得ない。その辺のエチケットは破らないのがクラリーシャだ。

でも去り際（ぎわ）、つっかえ棒を外しながらジャンを振り返って言う。

「今日は失礼いたします、ジャン様。また明日、学校でお話しいたしましょう」

「はっ⁉」

「わたくしも通うこととなっておりますので。これからは学友ですね、わたくしたち」

「マジかっ」

寝耳に水の話なのだろう、今度はジャンがカタコトになる番だった。

クラリーシャはちょっぴりしてやったり。

一度会話を拒絶された程度で、めげる女ではないのだ。

（ふっふっふ。学内ならば、わたくしから逃げることはできませんわよ？）

もちろん、部屋に閉じこもることも不可能だ。

かといって登校拒否もできないだろう。出奔の準備が整うまでは、大人しく学校に通うしかないと語ったのは他でもないジャン自身。

「いっぱいお話ししましょうね～♪」

「待てよ！　僕につき合うのに、わざわざあんなところに通う必要はないだろ！」

「そんなことはないですよ。以前から一度、通ってみたいと思ってましたよ？」

「だからって……」

「『胸を張って好きに生きたらいい』とたった今、言ってくださったのはジャン様ですよ？　なのでわたくし、これでもかと胸を張って登校させていただきますね」

「ぐっ……」

二の句を失ったジャンに一礼し、クラリーシャは今度こそ退室した。

明日を楽しみにしつつ。

タイタニアの貴族文化を語るに当たって、学校（スクール）の存在を無視することはできない。
遡ること百五十年前――大陸中部はまだ戦乱の世の最中だった。
貴族たちが自ら戦場に出て、己（おのれ）の才覚で武勲を樹（た）て、また力及ばず命を落としていた時代だ。
当然、彼らは後継者を優れた武将とするために、男子の教育に心血を注（そそ）いだ。お家の存続に関わる重大事だと認識していた。

その一方で、女子の教育には冷淡だった。

貴族らにとって己の娘とは、政略結婚の道具だという認識がある（これは現代でもそう）。

するといずれは他家に嫁ぐ娘を――身も蓋（ふた）もなく言えば他家のものとなる存在を、コストをかけてまで教育するのは割に合わないという風潮が蔓延（まんえん）していたのだ。

日々、勝つか負けるか、生きるか死ぬかに追われ、誰もが精神面でも物質面でも余裕を失う乱世という時代ならではの、悪しき思想といえよう。

さらに度（ど）し難（がた）いことに彼らは、他家から嫁いでくる娘たちがろくに教育が行き届いていない問題に関して、ひどく不満を溜（た）め込んでいた。

自らは優れた淑女を育てるつもりはさらさらないくせに、他家に対してはしっかりと躾（しつ）けるべきだと、けしからんと考えていたのである。

　そして、このジレンマと呼ぶにも滑稽（こっけい）な、自分勝手極まる風潮に、解決策を提示したのが時のタイタニア国王であった。

　彼は王都に「花嫁学校（フィニッシングスクール）」と名づけた王立の育成機関を設立することで、自国の貴族令嬢らを広く集め、学問教養や礼儀作法は当然、淑女に相応（ふさわ）しい社交術や美容術等々に至るまで、高度な教育を施した。

　いわば貴族らが放棄した淑女教育を、王家が一括して肩代わりしたわけである。

　この政策は実に成功し、タイタニアの貴族令嬢といえば淑女の代名詞、淑女の鑑（かがみ）だと今日なお周辺諸国に目されるほどに、高い教育水準を誇った。


　それから時代が下って百年前――ようやく戦乱の世が終わり、泰平の天下が訪れる。

　だが人は逼迫していない状況では怠けるもので、多くの貴族たちが責務（ノブレス・オブリージュ）と努力を忘れて享楽に耽（ふけ）り、男子らへの後継者教育さえ疎（おろそ）かになっていった。

　そして、この由々しき事態に手を打ったのもまた、時のタイタニア王だった。

　王都の花嫁学校を共学にすることで貴族の令息たちを広く受け入れ、やはり各家が手抜いた後継者教育を王家が肩代わりしたのである。

　共学化により名称も変更を余儀なくされ、全寮制であったことから「寄宿学校（ボーディングスクール）」とした。

こちらの政策はほどほどに成功した。

というのも乱世に揉まれたかつての貴族たちに比べれば、当世の若様たちはどんなに高度な教育を施されても、どこかのんびりした感が否めない。

しかしその程度の緩さは許容されるのが、泰平の世の素晴らしさであろう。

かつては十三、四歳で一人前とされ、男子ならば戦場へ赴き、女子ならば婚姻と出産が期待されるほどであったが、平和とともに成人儀式の慣習も後ろへ後ろへと伸びていったのも、嘆くより尊ばれるべき風潮といえよう。

また共学化したことにより、寄宿学校はいわば社交界の縮図、あるいは予行演習の場の如き様相を呈すこととなった。

学生らはそこで紳士淑女の振る舞いを身に着け、十八歳で迎える卒業式を成人儀式の代わりとし、いよいよ本物の社交界へと巣立っていくのが今日までの在り方である。

さらに時代が下ると、タイタニア各地で寄宿学校の設立が相次いだ。

大貴族の中の一部、ノブレス・オブリージュを忘れていなかった者たちが、より多くの子弟に学びの場と機会を与えるため、王都の本家を模倣して所領内に作ったのである。

例えばクラリーシャの祖母に当たる、先々代のランセン公爵夫人もその一人だった。

また別の大貴族の一部には、周辺貴族らの子弟を受け入れることで両家の関係性をより緊密にする目的で、寄宿学校を新設する者もいた。

　例えば先代エスパーダ辺境伯がリュータ郊外に設立した、ノースポンド校がそれに当たった。

　そして泰平が百年続いた現在では、人口が爆発的に増加している。

　ゆえに今では多くの寄宿学校が――宿舎のキャパシティーの問題で――全寮制を維持できず、特に優秀な学生のみが寮住まいできるのが暗黙の了解となり、他の大勢の学生は自前で下宿先を用意するのが当たり前となっていた。

　よって寄宿学校の名称も既に形骸化し、今日ではただ「学校(スクール)」と呼ばれていた。

「見えてきましたよ、クラリーシャお嬢様。あれが『ノースポンド校』っす」

　馬車の隣に座ったカンナが、客車(ワゴン)前方の覗(のぞ)き窓を指して言った。

　リュータの都心から北へ、およそ一マイル半（約二・四キロメートル）の郊外。

　池の畔(ほとり)に広がる手入れの行き届いた校庭と、建てられてまだ十五年の厳粛な校舎や講堂。

　これが今日からクラリーシャの通う学び舎(まなびや)であった。

　タイタニアでは雪が解ける三月を目安に社交シーズンが始まり、遅れること約一月、各校は冬期休暇を終えて新年度を迎える。

本日はもう四月四日なので、クラリーシャは数日遅れで途中編入するという格好となる。

学年はジャンと同じ高等部の新二年生。

「わたくし、実は学校に通うのを楽しみにしていたのです」

と昨日もジャンに語った話を、カンナにもする。

「お嬢様は王都のガッコには通ってなかったんすか？　こっちはパチモンなんしょ？」

「パチモン」

カンナの表現にユーモアを感じて、クラリーシャは思わず噴き出しながら、

「それが王族は学校に通わないというのが、伝統的慣習なのですよ。わたくしはレナウン殿下の婚約者でしたから、準王族扱いということでダメって言われました。ですが王都でできたお友達たちは通っていて、皆様楽しそうで羨ましかったのです」

「じゃあ念願叶ってよかったっすねえ」

「ええ、ええ。フェンス家に嫁ぐことになって、また一つラッキーが見つかりました」

可愛く拳をにぎり、ガッツポーズを作るクラリーシャ。

そんな彼女を呆れ顔で眺めていたのが、対面の座席に腰かけたジャンだった。

「あんたはなんでもかんでもイイ方に捉えるんだな。僕なんて学校が憂鬱で仕方ないけど」

「どうしてです？　お友達と机を並べて学ぶなんて、最高の環境ではありませんか？」

実家でも王宮でもクラリーシャが受けた王妃教育は、教師とのマンツーマンという形が大半だったし、同年代の者たちと苦楽をともにするというシチュエーションに憧れがあったのだ。

「冗談じゃないね！　授業はしんどいし、僕に友達なんて一人もいないよ」

「お一人もいらっしゃらないのですか？」

「貴族のご令嬢って連中が苦手だって言っただろ？　男も同じさ。鼻持ちならない奴らさ」

「ふーむ」

実際、貴族の子弟には高慢だったりワガママだったりと、あまりおつき合いしたくない人間が多いのも事実なので、クラリーシャは一旦ジャンの言い分を呑み込む。

でもカンナが、

「こんネクラ放っといて、お嬢様はぜひトモダチたくさん作ってくださいっすよー」

とうれしいことを言ってくれるので、「はいっ」と満面の笑みで応えた。


ノースポンドの校則では、学生各自が一人だけ従者や侍女を帯同できる。

寮生もいることだし風紀の観点から、同性を伴うのが暗黙の了解だ。

それで舅殿がまだ学校に不慣れだろう嫁のために、カンナをクラリーシャ付きの侍女にしてくれたのである。その配慮には感謝しかない。

しかもカンナまで喜色満面で、

「クラリーシャお嬢様のお付きになれるなんてうれしいっす！　ロープ一本で若様の部屋に飛び込んでったお姿がワイルドすぎて、マジ一目惚れっす！」

とまで言ってくれた。

「あーし、旦那様にはひろってもらったご恩があるんすけど、ぶっちゃけ若様みたいなモヤシ野郎にお仕えするのは、ビミョイなーって思ってたんすよ。でもクラリーシャお嬢様みたいなカッケー人が奥方になるなら、男爵家サイコーなままっす！　全力でお仕えするっすねー」

「うふふ、こちらこそよろしくお願いしますね」

カンナは遠慮のない性格で、思ったことをズケズケ言ってしまうタイプのようだが、そこもクラリーシャにとっては好ましい。

「力仕事とかパシリとか肉体（からだ）を使ったことは得意なんで、なんでも言って欲しいっす！　でも、ただ……その―、メイドを始めてまだ二年も経ってなくて、言葉遣いとか作法（まなー）とかは全然ダメだってサージさんに怒られてばかりでー、あーしなんかがお付きだとお嬢様に恥をかかせてしまうかもっす……」

「わたくしはカンナさんのお話の仕方、とても愛敬があって好きですけれど」

「マジっすか⁉　大丈夫っすか⁉」

「ただ、確かに王侯貴族は『舐められたら負けな稼業』なのも事実でして」

「あっは、ヤクザみたいっすねー」

「なのでこれからは二点だけ気をつけていきましょう！　まず、主が他家の方とお話している時は、基本的にはメイドさんは口を挟んでは『めっ』です」

「ソレ逆に助かるっすね。あーしの言葉遣いが終わってるのもバレませんしー」

「もう一つは、主の傍（そば）で『男爵家（ウチ）を舐めたらタダじゃおかねーからな？　あ？』って圧をかけるのも**メイドさんの大切なお仕事です**」

「りょっす。**抜き身のナイフみたいに**めちゃくちゃメンチ切っていくっす」

「いえ、それは今度はお相手への失礼になってしまうので、決して凄まずに威圧してください」

「ガン付けナシで圧かけるんすか⁉　いやークラリーシャお嬢様の言うことは奥が深いっす。まじリスペクトっす」

「うふふ、わたくしが手本をお見せしますので毎日、練習しましょうね」

クラリーシャが試しに「凄まず威圧する」顔になってみせると、カンナが健気に真似をする。

なかなか筋がよろしい。

「毎日がんばるっす！　お嬢様とは気が合うし、きっと仲良くできるっす」

そしてカンナの言う通り、彼女とは一瞬で意気投合できた。

「わたくしたちは歳も近いですし、ぜひお友達になってくださいね」

「いんすか⁉　うわー、うわー、コーエーっす！」

とカンナは大興奮だった。

感激したのはクラリーシャも一緒で、というのも実家には仲が良いといえた侍女は一人もいなかったのだ。

皆優秀だが人間味に欠けるというか、「私どもは公爵家に仕える道具でございます」とばかりの態度がデフォ。仮にクラリーシャが友達になりたいと言っても、「滅相もございません」と冷淡に辞退されてしまっただろう。

(カンナさんみたいなステキなメイドさんに付き添ってもらえるんですから、きっと楽しい学校生活になること間違いなしですね)

意気投合時のやりとりを思い返しながら、クラリーシャは自然と口元をほころばせる。

そして、馬車がいよいよノースポンド校に到着した。

広大な校庭の一角が円形交差点(ロータリー)になっていて、学生たちの乗り降りに使われている。

中年の御者(専任ではなくフェンス家に仕える従僕(フットマン)の一人)が空いている場所に停車してくれて、まだ憂鬱そうにしているジャンがさっさと降りる。

次いでカンナが。慣習的に淑女は大荷物を持ち運ぶものではないため、授業道具等が入った鞄(かばん)はメイドの彼女が持ってくれる。

一方、巾着袋(レティキュール)を提げるのが当世の淑女の嗜(たしな)み。クラリーシャのそれは貝殻を模した粋(いき)な逸品で、かつて〝東洋の黒真珠〟と謳(うた)われた祖母から譲り受けた形見。

そして、舅殿が普段着用にと誂(あつら)えてくれたドレスの、スカートを両手でつまんで「ていっ」と馬車から飛び出す。

瞬間、辺りがざわついた。

登校時刻だ。

ロータリーの周囲には、大勢の学生がいた。

その彼、彼女らがほとんど一斉に、クラリーシャの方を振り返ったのだ。

「ねえ、あれ。あの冴(さ)えない彼、フェンス男爵家のジャン君でしょう?」

「じゃあ一緒に馬車を下りたあのご令嬢は——」

「噂(うわさ)のクラリーシャ嬢!」

「間違いないな。私は以前王都で、遠目だがお見かけしたことがある」

「王太子殿下に婚約破棄されたというお話、本当の本当でしたのねえ」

「違うよ。野蛮なフェンス男爵に拐(かど)かされるのも同然に、泣く泣くこんな田舎(いなか)くんだりへいらっしゃったという話だよ」

「なんてお可哀想(かわいそう)……」

「でもさ、実は俺(おれ)、ちょっとうれしいって思ってんだよな」

「ご高名な完璧淑女(フローレスレディ)とご学友になれるだなんて、鼻が高いわよね~」

——などなど、自分を噂する大小の声があちらこちらから聞こえてくるではないか。

(もしかしてわたくし、注目の的ってやつです⁉)

登校初日にして大変な空気が漂っていた。

クラリーシャを遠巻きにする学生たちの、ざわめきがなかなか収まらない。

そんな中、はっきりとこちらを呼びかける声が聞こえた。

「お久しぶりですわ、ランセン公爵令嬢――いいえ、クラリーシャ嬢」

わざわざ呼称を言い直す辺り、悪意がたっぷり覗いている。

おまえはもう公爵家の人間ではない落ちぶれ令嬢だと、声の主は皮肉ったわけだ。

聞いた周囲の学生たちがさらにざわめく。

そんな彼らを路傍（ろぼう）の石の如く無視し、一人の令嬢がクラリーシャの方へとやってくる。


整ってこそいるが、底意地の悪さが人相に現れた顔立ち。

使用人によくよく手入れさせているだろう、腰まで伸びた茶髪。

葡萄酒（ぶどうしゅ）色のドレス、孔雀羽（くじゃくばね）の扇、極細の鎖で編んだ巾着袋（レティキュール）――身に着けるものは全て、王都でも流行中の最新のモードだ。

さらには取り巻きの学生を男女問わず、ぞろぞろと連れていた。


「まあ！　こちらこそご無沙汰（ぶさた）しております、コーデリア様」

と、クラリーシャも会釈を返す。

面識こそあるが、社交シーズン中に王都で何度か挨拶を交わした程度の間柄。

リューダ領主エスパーダ辺境伯の末娘で、同い年の十六。

それがこの彼女、コーデリアだった。

クラリーシャは辺境伯家令嬢と対峙し、またそれを周囲の学生たちが見守る。

「見た？　コーデリア様の方から誰かにご挨拶なさるなんて、前代未聞だわ」

「それだけランセン公爵令嬢のことを意識してるってことだろう」

等々、ひそめた声が辺りから聞こえてくる。

するとコーデリアが、ジロリとひとにらみで黙らせる。

周囲にいる大勢の学生たちが、女王然と振る舞っている辺境伯家令嬢に対し、誰一人として頭が上がらない様子だった。

タイタニアの貴族制度では、辺境伯の位は侯爵に準ずると定められている。

しかし南北西にそれぞれいる彼らは、国境防備のために絶大な軍事力を有し、なまじな侯爵たちよりよほどの実力者だと目されている。

エスパーダは大貴族も大貴族だということだ。

また辺境伯家が営むこの学校へ、より格上の公侯爵家が子弟を通わせるとは考えにくい。

ためにエスパーダ家の令嬢であるコーデリアの、学内における立場が他を寄せ付けないものであることは想像に難くない。

タイタニアにおける学校という存在が、社交界の縮図である以上はそうなるのが自然のこと。

それこそ教師陣だとて、おいそれとは高圧的に出られないだろう。

つまりは〝ノースポンド校のクイーン〟たるコーデリアにとって、新年度とともにいきなり降ってわいた格上の公爵家のご令嬢の存在は、さぞ面白くないものに違いない。

だから殊更にクラリーシャのことを、「おまえは遠からず男爵風情に嫁ぐ女」だと上下関係を強調してくるわけだ。


「聞きましたわよ、クラリーシャ嬢。王太子殿下に婚約破棄された上に、フェンスなどと格下も格下の家とのご婚約を、強制なされたのでしょう? あまりにおいたわしくて、わたくし、どんな顔をして貴女にお会いすればよいのかと、散々悩みましたのよ?」

などと、コーデリアはさも同情した風に言っているが、これも婉曲なマウントとり。

何しろ目がサディスティックな愉悦で笑っている。

カンナが「なんすか、この女?」とばかりにメンチを切って威嚇したが、クラリーシャは「失礼ですよ」と窘める。

(圧をかけるのは大事ですが、にらむのは作法に反しますからね)

カンナにもそう教えたばかりである。

クラリーシャは手本を示すように笑顔を崩さず――ただし額にぶっとい青筋を浮かべながら――コーデリアに答える。

「お心遣い痛み入ります、コーデリア様。ですがわたくし、義父となるフェンス男爵の高志を聞いて感じ入り、望んで嫁入りに参った次第ですので、ご心配は杞憂ですわ」

「まあ、そんな強がりを！　どうかこのコーデリアには本当のことを打ち明けてくださって？」

などと、公衆の面前で使うには不適切な台詞を、嫌らしくのたまいやがるコーデリア。

しかしクラリーシャもこの程度の挑発は受け流し、

「とんでもないです。確かに殿下に婚約破棄されたのも、それでわたくしの心が傷ついたのも事実。ですがフェンス家の皆様は、そんなわたくしを温かく迎え入れてくださいました。事情をよくご存じない方々からは、婚約を強制されたように見えるのは仕方のないことですけれど、こちらは事実と全く異なることをこの場を借りて申し上げますわ！」

と、周囲の学生にも聞こえるように改めて宣言しておく。

一方、コーデリアは苛立たしげに歯噛みしていた。

彼女としては、クラリーシャがさぞ落ち込んでいるはずだと、思い込んでいたのだろう。

それで傷口に塩を塗りたくるつもりで、わざわざ待ち構えていたのだろう。

ところが当てが外れ、当の本人は全く状況を悲観していないと知って、ムカついたのだろう。

コーデリアは思わずひん曲げた口元を、咄嗟に扇子を広げて隠しつつ、

「それを強がりと申しておるのですわ。温かく迎え入れられた？　ではそのお召し物はなんですか。そんな安物のドレス、ランセン公爵令嬢にはとても相応しいものではございませんわ。ましてや『クラリーシャ嬢が新しいドレスを披露すれば、次の流行になる』と王都で謳われたほどの、ファッションリーダーであらせられた貴女だというのに！　わたくしでしたらみじめなあまり、心が冷え切ってしまいますわ」

と、さもクラリーシャの境遇を嘆くような口ぶりで、しかし服装を貶してくる。

それで周囲の学生たちも、クラリーシャのドレスに注目する。

彼らの反応は二通りだった。

「やはり新興の男爵家の財力では、嫁にろくなドレスも用意してやれないのか」という嘲り。

「あんなみすぼらしい格好で我慢させられるとは、おいたわしい」という本物の同情。

しかしクラリーシャは胸を張り、周囲の誤解を解くため堂々と主張する。

「これは義父がわたくしのために、心を砕いて誂えてくださった一着です。確かに高価な生地も使われていなければ、宝石の一つもあしらわれておりません。ですが、とても着心地がいいんです。動きやすくて快適なんです。さすが義父は武人の中の武人、お抱えのお針子さんまで常在戦場のなんたるかを知る名職人だと、感服いたしたほどですわ」

と、舅殿の名誉を守る。


実際、クラリーシャはこのドレスをいたく気に入っていた。

なぜならランセンとて、質実剛健を貴ぶ家風なのだ。

「貴族は舐められたら負けな稼業」であるために、確かに社交界の場では頭がおかしいほど高価（庶民の生活費数年分）なドレスをまとい、しかも使い捨てにする。

一方で普段着は簡素で丈夫、着たまま登山ができるようなものを仕立てさせていた。

その点、舅殿が抱えているお針子は、実家の者たちにも紹介したいほどの腕前だった。

ところがコーデリアは、クラリーシャの主張を「苦しい言い訳」ととったようだ。

「あらまあ、フェンス男爵は本当に野暮(やぼ)なお方だこと。戦場のなんたるかですって？ きっと美意識(ファッション)と軍事作戦(オペレーション)の区別もついていらっしゃらないのね。そのような野人が舅となるだなんて、クラリーシャ嬢が本当にお可哀想」

と、あくまで同情のていをとりつつ、扇子の向こうでクスクスと嘲笑(あざわら)う。

だがクラリーシャはすかさず反論した。

「ですがそんな武骨な義父だからこそ、エスパーダ辺境伯(あなたのおちちうえ)は信頼し、軍副司令に取り立てていらっしゃるのではありませんか？ 義父の為人(ひととなり)を笑うことは、それを重んじる貴女のお父上の名誉を翻(ひるがえ)って傷つけることになりますよ？」

「く……っ」

この的確な指摘に、コーデリアは咄嗟に言葉を返せない。

無様に歯噛みするだけで、その口元を扇子で隠して取り繕(つくろ)うのが精々。

まさしく斬(き)って落とすが如き、クラリーシャの弁舌だった。

その鋭さに周囲の学生たちも舌を巻き、賞賛のざわめきが起こる。

コーデリアも分の悪さを悟ったのだろう。

内心の苛立ちを表すように、扇子を口の前で畳んでは広げるをくり返していた。

（これで彼女が引き下がってくれるとよいのですけど）

クラリーシャはそう思いつつ、油断なく辺境伯家令嬢との対峙を続ける。

果たしてコーデリアはぴしゃりと扇を閉じると、その手を止めた。

何か新たな攻撃材料を見つけたように、その目は一点に注がれていた。

まるで獲物をいたぶる前の猫の如く爛々と、嗜虐の色で輝いていた。

「フェンス男爵の為人についてはもう結構！」

コーデリアは自分から貶してきたくせに、厚顔にも居直ると話題を変える。

「だって貴女が嫁ぐのは、そこなジャンですものね。ご英明と名高いレナウン殿下とは比べるべくもなければ、クラリーシャ嬢とは到底釣り合うはずもない凡愚な男。これを悲劇と言わずしてなんと言うのでしょうか！　嗚呼、おいたわしい」

とクラリーシャの後方へ、嘲弄するような流し目を送ってくる辺境伯家令嬢。

その眼差しの先ではジャンが、必死に空気に徹していた。

下手に会話に加わり、コーデリアに槍玉に挙げられないようにと縮こまっていた。

見上げるように背の高い彼が、どうにかクラリーシャの背中に隠れてやりすごそうと、涙ぐましい努力をしていた。

学校のご令嬢たちが、とにかく苦手だとこぼしていたジャンだ。

しかもコーデリアとは、知らない相手同士ではないはず。

というのも先代フェンス男爵（ジャンの祖父に当たる）は、先々代のエスパーダ辺境伯の娘

（コーデリアの大叔母に当たる）を妻にもらっている。

ゆえに二人は遠縁ながら、血の繋がった親族同士なのだ。


そんなジャンに対し、コーデリアの取り巻きたちまで意地の悪い口調であげつらってきた。

「男のくせに剣もダメ！　馬も乗れない！」

「学問教養もまるで身に着いてないし、教師に叱られてばかり」

「さらには礼儀作法もなってなくて、女性のエスコートさえままならない典型的な田舎貴族」

「身だしなみにも頓着なく、風采が上がらないこと甚だしい奴」

と、まさに言いたい放題だ。

そしてコーデリアが、とどめとばかりに言い放つ。

「一つとして取柄のないダメ男――それがこのジャンでしてよ？」

聞いた周囲の学生たちからも、苦笑と失笑が漏れる。

にもかかわらず、ジャンは何も言い返さない。

ただ羞恥に体を震わせ、ますますうつむくだけ。


（もう！　仕方のない人ですねえ）

自分の陰に隠れる婚約者をチラと振り返り、クラリーシャは困り顔にさせられる。

でもすぐにコーデリアへ向き直ると、これも毅然と反論する。

「今の発言は取り消してくださいませ、コーデリア様」

すると背後のジャンから、「まさか庇ってくれるのか?」という気配がする。

その期待をクラリーシャは一身に背負い、コーデリアに向かって言った。

「確かにジャン様はわたくしの見るところ、剣や馬を扱う筋肉になってません」

「ぐふっ」

クラリーシャがズバッと言うと、背後から血を吐くようなうめき声が聞こえた。

だが気にせず続ける。

「学問も教養もダメダメだと、義父も懸念しておりました」

「がっ」

「礼儀作法も零点ですね。まして女性のエスコートなんて、わたくしを置いて馬車からさっさと降りてしまうほどで、壊滅的と言わざるを得ないでしょう」

「うっ」

「髪はワカメだし姿勢はネコちゃんだし、風采が上がらないというご批評も適正です」

「ぎっ」

クラリーシャがズケズケと言うたびに、背後からうめき声が連発される。

また「君はどっちの味方なんだ……」と泣き言を漏らす、か細い声も聞こえる。

(もちろん、ジャン様の味方に決まってます)

だからクラリーシャは声高に言った。

「ですがジャン様はとても思慮深いところのある、心優しい人です」

聞いたコーデリアが「はあ？」と小馬鹿にしたように鼻を鳴らしたが、気にせず畳みかけるように続ける。

「生まれを鼻にかけない、慎み深い人でもあります。世の貴族の多くが、たまたま生まれた家の権力を己自身の実力だと錯覚しがちな中で、ジャン様は決して嫡子の立場に甘んじることなく、いっそ擲つ気概さえ持っているのです。まさに天晴と申す他ありません」

理由こそまだ聞いていないが、ジャンは男爵家を継ぐつもりはないと言った。

だからクラリーシャはそう解釈した。

公爵令嬢の立場や将来の王妃の座――己の腕力でつかみとったわけではないそれらに魅力を感じなかった自分と、同胞のように思えた。

後ろにいる本人が「またイイようにとる……」と絶句していたが、気にしなかった。


一方でコーデリアだ。

「黙って聞いていればさっきから……だからなんだと仰りたいのかしら？」

と、あくまでジャンを侮る態度を崩さず、高慢な口調で訊いてくる。

クラリーシャは斬り返すように答えた。

「ジャン様にはジャン様の魅力があるということです。あなたは『一つとして取柄がない』と仰いましたが、その一点、撤回なさってくださいませ」

聞いてコーデリアは「御冗談を！」とばかりに高笑い。

認めたら負けだと思っているのだろう芝居がかった仕種だった。

「思慮深くて優しい？　貴族の立場に甘んじない気概？　そんなもの魅力でも取柄でもなんでもありませんわ！　ジャンがダメ男であることに変わりはございませんわ！」

と、けたたましく笑い続ける様は、見るに堪えない。

いくら扇子で口元を隠しても、彼女の品のなさまではとても隠し切れるものではない。

しかも取り巻きたちまでお追従で、ゲラゲラと嘲笑する。

コーデリアたちが普段からこの学校で、どれだけ増上慢に振る舞い、平気で他者を見下し、尊厳を踏みにじっているのかが、ありありと思い描ける光景——エスパーダ辺境伯という虎の威を借りる狐どもの、醜悪な姿だ。


そんなコーデリアたちの方へと、クラリーシャは一歩を踏み出した。

（もう言葉は充分に尽くしました）

だから行動に出た。

貝殻を模した巾着袋から、扇子を取り出す。

どんどん派手に、大型化する当世の流行とは反した、楚々とした扇である。

それこそ小物入れに仕舞っておけるほどに小さい。

お洒落(しゃれ)な扇子をこれ見よがしに持ち歩くのは、タイタニア淑女の嗜みだ。

扇言葉と呼ばれるジェスチャーを使うのが、奥ゆかしい貴婦人だという文化もある。

しかし生憎(あいにく)と、クラリーシャはどちらも嫌いだった。

扇言葉なんてかえって厭味(いやみ)ったらしく見えてならなかった。

だから、携帯するにも巾着袋(レティキュール)に仕舞っているし、滅多に取り出さない。

そして、クラリーシャが扇言葉を使うのは、ただ一つの用法のみ——

「もう一度だけ言います。事実と異なるジャン様への誹謗(ひぼう)を、取り消してください」

言ってクラリーシャは手にした扇を、あたかも刃の如くコーデリアの鼻先に突きつけた。


たちまち周囲の学生たちが、今日一番のどよめきを上げる。

扇を突きつけられたコーデリアは、ぎょっとなって目をしばたたかせている。

その取り巻きたちは扇を突きつけた少女の迫力に、呑まれたように怯(ひる)んでいる。

一方、クラリーシャはただコーデリアのみを見据え、彼女の足元へと扇子を投げ捨てた。

これはタイタニアの扇言葉で、紳士にとっての手袋を投げつけるジェスチャーに相当する。

すなわち決闘の申し込みだ！

「我が生家は王国開闢以来、東方を守護せしランセン！　我が生地は尚武の州(くに)、モーヴ！

婚約者を不当に侮辱(ぶじょく)され、再三の忠告も無視され、撤回も謝罪もないとなればこれは黙っておられません。

さあ、どうやって勝負を着けましょうか？

舞踏や演奏の腕前でも。馬術や遊戯の競技でも。剣でも槍でも！

わたくしはなんでもかまいません。コーデリア様の喧嘩、言い値で買って差し上げます。

そして、公衆の面前で粉砕して差し上げます」


胸に手を当て、堂々と正義を主張するが如く宣戦布告する。

その一言一言に――まるで物理的な衝撃が伴っているかのように――打たれたコーデリアと取り巻きたちが後退りしていく。

だがクラリーシャは容赦なく問い詰めた。

「さあ、コーデリア様？　お答えを」

タイタニアの扇言葉では、コーデリアが落ちた扇子を踏みにじれば、決闘成立だ。

逆に自ら膝を折って扇子をひろい、謝罪とともにクラリーシャへ返せば、それで水に流すというのが貴人の作法だ。

果たしてコーデリアは、憎々しげにクラリーシャをにらみながら――膝を折った。

クラリーシャの扇子を自らひろい、憤怒で震える手で差し出した。

「わたくしが言いすぎましたわ。ジャンにも何かしら取柄がある……認めますわ」

半ば歯軋りとともに謝罪を口にした。

それほどの屈辱を呑み込んででも、決闘から逃げたのだ。

得意ジャンルを選べとハンデを与えられてなお、完璧淑女と名高いクラリーシャには敵わずと
――〝ノースポンド校のクイーン〟が全校生徒の前で、実力勝負で叩き潰される無様をさらすより
はまだマシだと、賢しらに体面を保ったのだ。

「コーデリア様の謝罪を受け取りました。では、これからは仲良くいたしましょうね？」

クラリーシャは鷹揚に扇子を受け取ると、しれっと右手を出して握手を求める。

「……ええ。貴女とご学友になれること、わたくしは楽しみにしておりましたのよ」

コーデリアはまだ屈辱で震える手で、握手に応じた。

また今のが半ば捨て台詞となって、憤然と踵を返して去っていく。

その後を取り巻きたちがゾロゾロと追い、また気遣わしげに囲んで彼らの女王を慰める。


そうして騒ぎの主役の片側が、舞台を去った。

しかし遠巻きにしている観客たちは、未だ解散しない。

先ほどの啖呵というかランセン公爵令嬢の**覇気**の凄まじさに、唖然騒然となったままだ。

このままでは収集がつかないと悟ったクラリーシャは、お暇を告げる。

「それでは皆様、遅刻してしまいますのでわたくしも失礼いたします」

スカートの裾をつまみ、淑女の礼をとる。

しかも、まさにお手本というべき所作。

両足を前後に開き、中腰になってお辞儀をした格好のまま、しばし維持するというカーテシーは

——人体構造的に無理のある体勢であることから——本来、完璧に振る舞うのが難しい。

ゆえに上流階級の令嬢たちは、幼いころから厳しく練習させられる。

それでも未熟な者だとフラついたり、一端の貴婦人でも足の前後の開きを少し短くするなどして誤魔化すのが普通だ。

対してクラリーシャのカーテシーは、正しいとされる姿勢から寸毫の狂いもなかった。

まさに鍛えに鍛え抜いた修練（というか遥か後世の言葉を使えばインナーマッスル）の賜物なのだが、おかげで周囲の学生たちはクラリーシャの全身に**ごっつい鋼**の芯が通っている様を幻視していた。

もはや淑女の礼というには雄々しすぎる、何か別の代物に見えていた……！


「では、ごめんあそばせ～」

クラリーシャは頭を上げると、そそくさと立ち去る。

ジャンがはっと我に返り、カンナが「さすがクラリーシャお嬢様、スカッとしたっす！」と絶賛しながら後を追う。

しかし遠巻きにしていた学生たちは、にわかにその場を動けない。

クラリーシャが秘めた底知れない何かに、ただただ圧倒されていた。

「王都から素晴らしいご令嬢がいらっしゃると思っていたら、なんかヤバい奴が来た」

彼、彼女らの顔には一様にそう書かれていた。

クラリーシャは入学初日にして伝説を作った。

「今朝は僕のことを庇ってくれて……ありがとな」

ジャンがお礼をはっきりと口にした。

口調こそぶっきら棒だったが、照れ隠しだろう。

学校帰りの馬車のことである。

登校の時同様に対面の座席にジャンが腰かけ、クラリーシャの隣にカンナがいる。

「お嬢様に感謝は感謝で、けっこうな話っすけどね。ぶっちゃけ若様はあんだけ言われ放題で、悔しくないいんすか？　あーしは聞いててあの性格ブスにムカつきまくりでしたけど」

とカンナがまだ今朝のことを引きずっているのか、ぶーたれ顔でぼやいた。

上位貴族のご令嬢をつかまえて「性格ブス」と言い切る度胸と遠慮のなさが面白くて、クラリーシャは口元に拳を当ててクスクスと笑う。

「そりゃ僕だって悔しいよ……。だからってどうしようもないだろ？」

一方、カンナの度胸の十分の一でも持ち合わせるべき、情けない発言をするジャン。

「悔しい、というお気持ちはあるのですね？」

その一点を聞き逃さず確認するクラリーシャ。

「う、うん……。ま、まあ……」

「でしたらコーデリア様を見返して差し上げましょう！」

クラリーシャはにぎった拳を振り上げて力説した。

「あんたはすぐ無茶を言う！　そんな簡単な話じゃないだろっ」

「確かに容易なことではございませんね。今日明日でいきなり彼女を完全に見返すなど、無茶だとわたくしも思います」

「だ、だったら――」

「ですが今日始めなければ、ジャン様は永遠に侮られたままです」

正論パンチを上から叩きつけるように、クラリーシャは断言する。

「ジャン様一人で頑張れなどと、突き放したりしません。わたくしも全力でサポートします」

一転、優しい声音と笑顔で包み込むようにする。

「…………」

ジャンはしばらく無言で葛藤していた。

でも最後には「見返したい」と、小声ながらもはっきりと口にした。

傍で見ていたカンナが「アメとムチっすねー」と半ば呆れ、半ば感心したように呟いた。

「というわけで、まずは身だしなみだけでもどうにかしましょうねー」

クラリーシャは意気揚々と宣言した。

椅子（いす）に腰かけたジャンの背後から、彼の髪をジョキジョキ鋏（はさみ）で切りながら。

帰宅後、屋敷の裏庭のことである。

他には鏡を構えたカンナがいて、四十前の一般女中（ハウスメイド）もいる。

舅殿の髪を切るのは普段、このベテランの仕事だそうだ。

でも専任の理髪師（ヘアカッター）ではないし、王都のファッション文化に精通しているわけでもない。

ためにクラリーシャが実演し、勉強してもらっているのだ。

「この前のところを一房残して垂らすのが、今の流行（はや）りなんです。ここです、ここ」

などと口で説明しつつ、前髪を気前よく切り落としていくクラリーシャ。

大胆な鋏捌（はさみさば）きにもすぎるというか、当たりも全くつけずにバッサバッサと一息に切っていくため、ベテランメイドが勉強どころではない様子でハラハラと見守っている。

一方、カンナはクラリーシャの為人（ひととなり）にだいぶん耐性がついてきた様子で、

「クラリーシャお嬢様はなんでもできるっすねー」

「武門の娘ですから。刃物の扱いは一通り嗜んでいるのですよ」

「だからって散髪もっすか？」

「要は生垣（トピアリー）の剪定（せんてい）みたいなものですよ」

「僕の頭は豆黄楊（マメツゲ）か……」

「まず庭の手入れができる公爵令嬢がイミフっすよ……」

などと、ジャンとカンナの両方からツッコミを受ける。

だがクラリーシャは忍び笑いしながら（そして手元は別の生き物の如く完璧な鋏捌きを続けながら）、

「さあ、ヨレヨレの海藻みたいだったジャン様の髪型が、見違えてきましたよ！」

まるで露天商の売り口上みたいに、威勢よくカンナたちへ言う。

「多少髪を手入れしようと、ぶっちゃけ若様は若様だし、見違えはしないと思うんすけどねー」

カンナは鏡でジャンの顔を正面から映しつつ、自身も仕上がりを見物する。

そして、今までずっと伸び放題の髪で隠れていた、ジャンの人相を目の当たりにする。

男爵家に奉公してまだ二年未満だという新米メイドが、初めて若様の素顔とご対面。

「うっそーん……」

あんぐりと開いたカンナの口が、しばらく元に戻らなくなっていた。

その表情が面白くて、クラリーシャはくすっと噴き出しながらも、

「ジャン様の長身はお義父様譲りなのでしょうが、お顔の作りの方はきっと亡きお義母様譲りなのでしょうね」

と、肖像画が残されていないのを残念に思った。

「髪型は整ったので、次は姿勢の矯正を目指しましょう。猫背とは今日でサヨナラです！」

「なにすんだよ、あんた！　これ痛いって！　痛い痛い痛いギャアアアアアアアッ」

ジャンが絞められた鶏のような、あられもない悲鳴を上げた。

男爵家屋敷の衣装室（ドレッシングルーム）のことである。

今、ジャンは上着を脱いで、裸身をさらしていた。

そこへコルセットをキツく巻くことで、無理やり背筋を正そうと試みているのである。

「死ぬ！　殺される！」

「世の淑女たちが日々どれだけ苦労して体型補正をしているか、おわかりいただけるでしょう?」

ジャンの後ろに回ったクラリーシャは、笑顔のままコルセットを絞め上げ続ける。

しかも細腕からは想像もつかない剛力で、ギリギリと音が立つほど。

「そういうお嬢様はコルセットなんてしてないっすよね？」

「ええ、カンナさん。神様とお母様に感謝すべきことに、わたくしはスタイルに恵まれております上に、プロポーションの維持に余念がありませんから。加えて姿勢の矯正は、物心つく前から躾けられておりました。少しでも背筋を曲げると、お祖母様（ばあさま）に乗馬鞭（むち）で叩かれて育ったのです。だから今さらコルセットは必要ありません」

「どこまでメチャクチャなんだよランセン公爵家！」

クラリーシャにギリギリと絞め上げられながら、ジャンが悲鳴混じりのツッコミを叫んだ。

「まずは一月、これを続けましょう」

「この地獄を一月⁉」

「ええ、ジャン様。その後は一日装着したら一日外しましょう。それで猫背にならなかったら翌日もなしで、もし少しでも戻ってしまったらおしぉ――ではなくコルセットで矯正しましょうねー」

「今、お仕置きって言いかけたよな⁉」

「えいっ」

「ギャアアアアアアッ」

ジャンの抗議を、クラリーシャはコルセットを絞め上げることで封殺した。

コーデリアを見返すと彼が決めたからには、甘えは許されない。絶対にだ。

だからランセンの娘の当たり前として、心を鬼にしたのである。

「後は衣服も流行りのものに倣いましょう」

そう言ってクラリーシャはカンナから上着を受け取り、ジャンの体の前で広げて合わせる。

普通は家にない男性用コルセット同様、買ってきてもらった紳士服の一着だ。

帰宅してすぐ、使用人たちのまとめ役であるサージにお願いした。

「ずいぶんと高そうなジャケットに見えるけど……よくうちにそんなお金があったな？」

「古着を買うようお願いしたので、大丈夫のはずですよ？」

「「ええっ」」

なんで中古品⁉　とばかりにジャンとカンナが驚声を上げる。

クラリーシャは二人に説明する。

「王都では十年前に流行ったギャバン・スタイルの紳士服が、一周回ってまた流行りつつあるのです」

しかし辺境にあるここリュータでは、まだその流行の波が来ていなかった。

ギャバン・スタイルの紳士服は十年前に廃れたまま、人々の記憶から忘れ去られている。

ゆえに古着を探して回れば、奥の方に仕舞われているのを見つけ出すことができるはず。

売れ残りだから当然、格安で購入できるはず。

クラリーシャのその読みは的中し、サージが毎日とっかえひっかえにできるほど買ってきてくれたのだ。

「あーしはそのギャバン・スタイル？　っての知らないっすけど、今見てフツーにイケてるって思うすけどねー」

「一度は大流行しただけはありますよね」

女子二人でキャーキャー言いながら、中でもどれがジャンに似合いか、ああでもないこうでもないと相談する。

「僕にはどれも一緒に見えるから、早く決めてくれ……」

「ダメです。わたくし、妥協のできない性分ですので」

「コーデリアを見返すなんて迂闊に言うんじゃなかった……！」


翌日。

馬車で登校したクラリーシャは、対面座席のジャンに言う。

「では、練習通りにお願いいたしますね」

「……わかってる」

「付け焼刃は事実ですけど、それでもジャンはわたくしの特訓にしっかりついてきてくださいました。だから自信を持ってくださいね？　弱気はダメです、態度に表れます。見える人には見透かされてしまいます」

「自信ねえ……」

「『貴族は舐められたら負けのヤクザ稼業』なんすからね、若様！」

「うふふ、ヤクザはよけいですよカンナさん」

等々――口を酸っぱくした甲斐があり、「もう耳タコだよ」と嫌気を起こしたジャンからは緊張の色が抜けていた。

そして馬車は、校庭の円形交差点に停まる。

言い含めておいた通り、御者が客車の扉を開けるまで座して待つ。

最初に降りるのはジャン。

そしてクラリーシャを振り返り、下車に手を貸す。

たったこれだけのことでも、されど作法は作法。女性のエスコートの基本だ。

今までジャンが蔑ろにしてきたものだ。

クラリーシャも「別に馬車から降りるくらい、一人の方が気楽でいい」と看過してきた。

(ですが、ジャンは変わりました。いいえ、変わりたいという意志を示した)

であらばクラリーシャはこの学校（スクール）という社交界の縮図――すなわち貴族にとっての戦場で、勝ち抜く方策を手ほどきしなければならない。

そこで勝って、勝って、勝ちまくった先に、伯爵家や侯爵家へと成り上がる道もまたあるのだから！

ボンボン男爵令嬢イボンヌは、コーデリアの取り巻きの一人である。

父も祖父も放蕩（ほうとう）貴族で、家は借金まみれで没落寸前。

だから女王（コーデリア）サマや仲間たちからの評価も低く、立場は弱い。

ていのいい使い走りにされる日々だった。

この日もまた、イボンヌは朝っぱらから女王サマのご命令を受けていた。

フェンス男爵家の馬車を待ち構え、ジャンを悪し様に罵（ののし）り、周囲の笑い者に仕立て上げて、クラリーシャを嫌な気分にさせろと言われたのだ。

まあ要するに昨日コーデリアがやったことを、今度はイボンヌ一人でやれということだ。

もしまたクラリーシャに手痛い反撃を食らっても、傷がつくのはイボンヌだからと。

女王サマの身代わりになれと。

（はぁ、鬱だわ。あのダメ男を罵るのはストレス解消になるけれど、脳ミソまで筋肉でできてそうなあの女がまーた噛みついてきたら、暴力反対なアテクシはどうすればいいってのよ）

そんな身勝手なことを内心ぼやき、また女王サマの仕打ちを恨むイボンヌ。

相手が大貴族のご令嬢だから阿っているだけで、コーデリアのことは心底嫌っていた。

何度も重いため息を漏らしながら、まだ肌寒い四月の朝のロータリーで待ちわびる。

そして登校してきた学生に不審の目で見られても、なんとも思わなくなるくらい神経が麻痺したころ、ようやくフェンス男爵家の馬車が現れた。

（遅い！　相変わらずしょっぱい馬車に乗ってる分際で、重役出勤でも気取ってるわけ⁉）

内心ブツブツこぼしながら、フェンス家の馬車をにらみつける。

その馬車は確かに悪い意味で目立った。

ロータリーに停車する他家のそれは、さすが貴族の令息令嬢が乗るだけあり、どれも客車にふんだんに装飾が施された代物だった。

比べてフェンス家の馬車は飾り気の一つもない。

まさしく質実剛健の家風に相応しい、それこそ軍でも使用に耐えるような頑丈な車なのだが、そんな要素はこの学校では評価されない項目なのである。

（さあ、どんな風に罵ってやろうかしら。今日は何をあげつらってやろうかしら）

イボンヌは内心舌舐めずりしながら、フェンス家の馬車の方へと近づく。

御者が開けた扉から、降りてくる少年を見据える。

そして——腰を抜かしそうになった。

馬車から降り立ったその少年が、絶世の美貌（びぼう）を持つ貴公子だったからだ。

そこらの女より遥かに整った、甘やかな顔の造作。

背はため息が出るほど高く、なのにスラリとしていて、蛮性と表裏一体の男臭さを感じない。

緩くウェーブを描く前髪の一房だけ垂らしているところに、得も言われぬ色気を感じる。

ファッションセンスまでいい。見たこともないスタイルのジャケットが、誰にも真似（まね）できない特別感を醸（かも）し出している。

（だ、誰よ、こいつ⁉　い、いえ、こんなお方、この学校にいたかしら⁉）

思わず取り乱すイボンヌ。

しかし頭のどこかは冷静に、この事態を理解していた。

フェンス家の馬車から降りてきたのだから、この貴公子はジャンその人以外にあり得ないと！

あのダメ男がワカメみたいなダサい前髪の下に、これほどの美貌を隠し持っていたのだと！

確かにタイタニア一の美少年といえば、レナウン王子だともっぱらの評判。

しかし田舎の下級貴族のイボンヌは、お目通りなど叶ったことがない。

ゆえにイボンヌにとって「タイタニア一の美少年」とは、このジャンで確定してしまった。

（ああ……）

気づけばイボンヌは我を忘れ、ジャンに見惚れていた。

そのジャンが客車を振り返り、中にいたクラリーシャに手を差し伸べる。

胸を張り、背筋を伸ばし、自信に満ちた彼の所作は、滅多にない長身も相まって、世の紳士のお手本の如く堂々たるものだった。

(アテクシもあんなステキな人に、あんな風にエスコートされたい……)

思わずクラリーシャを羨まずにいられなかった！

第三章　邪魔な壁は壊すためにあるもの

「今日一日、注目の的でしたね、ジャン様！」

クラリーシャは我が事のように誇って言った。

学校(スクール)から帰宅後、居間(リビング)でのことである。

「まあそりゃワカメの下からこんなイケメンが出てきたら、みんなビビッて凝視もするでしょ。あーしだって反則って思いましたもん」

カンナが紅茶を給仕(サーブ)してくれながら、呆(あき)れ口調で笑った。

相変わらずジャンに対しては、物言いに遠慮がない。

身だしなみがちょっとやそっと変わったくらいでは、使用人たちに舐(な)められる状況まで改善されないということ。

後継者問題を憂う、舅殿(しゅうとどの)の懸念はまだまだ晴れない。

もちろん、「末は侯爵家！」というクラリーシャの野心も満たされない。

（でもまあ一歩ずつですよね、一歩ずつ）

ジャンはなんだかんだ文句を言いつつも、自分の過激なやり口についてきてくれた。

舅殿が「昔は素直で頑張り屋だった」と言っていたが、親の欲目ではなかったのだろう。

これが性根が腐っていたら、クラリーシャもお手上げだったろうけれど（レナウンがまさにそうだったように！）、ジャンの将来性は決して低くないように思える。

一方、当のジャンは疲れきった様子で答えた。

「見世物小屋の珍獣になった気分だったよ。第一、本当の意味で注目の的なのは、あんたの方だろう？　昨日に引き続いて」

と丸テーブルの対面に座る彼が、クラリーシャへ向けて肩を竦(すく)める。

「え、わたくしですか？」

「惚(とぼ)けるなってば。見なよ、この招待状の数」

丸テーブルの上に整理された封筒の山を、ジャンが指し示した。

今日、たくさんの学友たちから初対面の挨拶(あいさつ)がてら、お茶会に誘われまくったのだ。

「こんな田舎(いなか)にも名が届いてる公爵令嬢サマと、誰も彼もお近づきになりたいってことだろ？　見た目が変わっただけの僕とあんた――本当に注目されてるのはどっちかって話」

「それは少ぉし認識が違うと思いますよ？」

試しにクラリーシャは何通か開封する。

封筒も中の便箋も、上等な紙が使われている。

製紙技術が大陸中央に普及して数百年が経(た)つというが、真っ白な紙はまだまだ高価で貴重だ。よほどの場合でしか用いられない。

もちろん手紙は直筆で、招待してくれた学友たちの敬意が伝わる。

「ほら、わたくしだけではなくジャンも誘われてますよ」

「だから？　あんたのついでってだけだろ」

「違いますよ。いいですか？　これが晩餐会のお誘いなら、パートナー同伴が作法(マナー)ですので、ジャン様はついでに誘われたという解釈も成り立つでしょう。ですがお茶会なら、わたくし一人を誘ってもマナー違反ではありません。つまりはこの手紙の差し出し主の方々は、ジャン様にもちゃんとご興味があって誘ってくださっているんです」

貴族文化や作法に疎(うと)いジャンにはまだ理解できないだろうが、クラリーシャは正しい解釈を講釈する。

しかし、ジャンは「いや……でも……」と納得がいかない様子。

だから重ねて説明する。

「もし皆様がわたくしにだけ強いご関心があったのなら、初登校した昨日のうちに誘ってくださっていたはずです。でも実際は、昨日はだーれもお声をかけてくださいませんでしたよね？」

「それは帰って招待状を用意する必要があったからじゃ……」

「だからって一声かけてくださってもいいでしょう。それに招待状くらい昼休憩でもいつでも、それこそ授業中にこっそりとでも書けるはずです」

「じゃーなんで今日、急にこんなことになったんすか？」

カンナも好奇心が疼(うず)いたようで、鳶色(とびいろ)の瞳(ひとみ)を輝かせて訊(たず)ねた。

「今日一日で、周囲のジャン様への評価がウナギ登りになったからに決まってるでしょう！」

「僕の見た目が変わっただけなのに？」

「見た目が変わっただけなのにです」

到底(とうてい)信じられない様子のジャンに、クラリーシャは順を追って解説する。

「まず、昨日どなたもわたくしに声をかけてくださらなかった理由について――それはコーデリア様が明らかにわたくしを目の敵にしていたからです。下手(へた)にわたくしに近づけば、その方までコーデリア様に敵視されてしまいかねないでしょう？」

「そりゃあの女王サマに逆らおうって奴(やつ)なんて、今まではいなかったさ。でも、あんただって公爵令嬢サマなんだ。あんたと仲良くなれるなら、コーデリアににらまれたって平気って考える奴は多いんじゃないのか？」

「わたくしがただの〝公爵令嬢サマ〟でしたら、仰(おっしゃ)る通りですね。ですが、今や王太子殿下に婚約破棄され、田舎男爵の冴(さ)えない嫡子へ嫁ぐことが決まった〝落ちぶれ令嬢〟ですから」

「……なるほど、理屈はわかった」

説明をややこしくしないためクラリーシャが敢(あ)えて忌憚(きたん)のない言葉を使うと、ジャンが複雑そうな顔になりつつも納得してくれた。

なので話を続ける。

「〝ノースポンド校のクイーン〟の勘気に触れてまで、〝落ちぶれ令嬢〟に近づくのはリスクが高い――昨日までは確かにそういう状況だったのです。それが今日、状況が変わりました。ジャン様が一夜にして見違えたことで、皆様もお考えを改めたのです」

「そこがわからない。僕がどうなろうとも、人を肩書でしか見ない貴族連中にとっては、あんたは〝落ちぶれ令嬢〟のままって理屈じゃないのか？」

「全然違うんですよ！」

とクラリーシャは力説した。

「昨日、わたくしを見て噂する方々の中にいましたよね。お義父様が武功を盾に、わたくしを拉致同然で男爵家へ奪ってきたと言わんばかりの人たちが」

「実際、僕もそう思ってるけどな」

「ですがそれが大きな誤解で、ジャン様が実は将来有望なご嫡子で、ランセン公爵家はそれを見抜いて、喜んで娘を差し出したのだったとしたら？」

「……だいぶん印象が変わるな」

と、ジャンがうなずいた通り。

この場合、両家は今後強固な関係を結び、ランセンはフェンス男爵家の後ろ盾となり、また援助を惜しまないだろうと思わせる。

まあ事実を言うと、クラリーシャが勝手に婚約を承諾してリュータまで半ば逃げてきた格好だし、実家の父は絶対に男爵家へ嫁ぐことを認めていないだろうが！

「ですが皆様は何も内情を知りませんし、実際のところはどうかと探りを入れたい。そしてわたくしとジャン様の婚約が真実ポジティブなものだったら、いち早く誼を結びたい」

「だから僕も一緒にお茶会に招いた。決してついでではない。……わけか」

「めっちゃ納得したっすー」

「僕はまだできてない。言うて外見が変わっただけだぞ？　将来有望か？」

「『人間、見た目が八割』っすよ、若様！」

「『貴族は舐められたら負けの稼業』ですからね。今のジャンを見て、これは侮(あなど)れないぞと周りに思わせたら、もう勝ちなんですよ」

ただし今後様々な機会で、ジャンの中身まではまだ変わっていないことが周知されれば、再び舐められてしまうだろう。

当然、招待状をくれた学生たちとて、その中身への探りも入れるつもりに違いない。

ただキャッキャヲホホするだけのお茶会ではないのだ。

学校(スクール)はやはり社交界の縮図なのだ。

「……なるほどな。あんたの話は本当にわかりやすい」

とジャンも今度こそ疑問が全て解けた様子で、また感心したように嘆息(たんそく)した。

それからクラリーシャは、カンナが持ってきてくれた茶菓子を堪能する。

小さな果実を乾燥させたものと、同じ果実で作ったジャムだ。

「桑の実！　本当に桑の実です！」

干し菓子を一ついただいて、もう大興奮。

「そんなに喜ぶほど美味しいか……？」

とジャンも一つつまみながら、首を傾げる。

確かに桑の実は甘味が控えめで、比較すれば干しブドウ等の方が美味しいだろう。

だけどクラリーシャの興奮ポイントはそこではなくて、

「ジャン様は桑の木の貴重さがわかってなーい！」

「桑っていうのか？　男爵家の領地じゃマールって呼ぶんだけど、そこら中に生えてて開拓の邪魔になってるよ。この実だって不味くはないけど、子供の時からウンザリするほど食べさせられる。他のお菓子が食べたくても高くて、特別な日じゃないと食べられないって、誰もがボヤくんだ」

ジャンの言い分ももっともな話で――例えばモーヴ州なら胡桃菓子がそれに当たって――クラリーシャはウンウンと相槌を打つ。

しかし、

「桑の木は大陸中部には自生してないって言われてるんです！　それがフェンス家のご領地では珍しくもないって聞いて、わたくしは眩暈を覚えるほどびっくりしたんですから！」

「あーしもここんちに来て初めて食べたっすねー」

「そんなに珍しいのか？　桑の実があ？」

ジャンは半信半疑の様子だが、これは広い世界を知らない人間特有の反応というものだろう。

クラリーシャだとて、実物の桑の木は見たことがない。

稀少な図鑑でその存在を知るのみで、また祖母が特別に取り寄せてくれた乾燥桑の実を口にしたことがあるだけ。

そして、フェンス家に嫁ぐに当たり、家紋を調べて驚かされた。

台座(コンパートメント)に桑の葉が意匠(いしょう)されていたのである。

もしやと思い、舅殿に確認したらビンゴ。

フェンス家の領地では一番よく目にする木の葉を、初代ご当主が家紋にあしらったのだと。


「よくぞ今まで誰にも知られなかったものだというか、広まらなかったものだと感心したくらいですよ！」

「辺境の中の辺境っすからねー。あーしも旦那様にお仕えするまで行ったことなかったっすし、普通は誰も用ないっすよ、あんなとこ」

「田舎には田舎の利点があるということですね！　とっても勉強になりました」

とクラリーシャは、また物事をイイ方にとる。

一方、ジャンはまだ首を傾げつつ、

「桑の木(マール)が珍しいのはわかったよ。でも実も大して美味(うま)くないし、木材としても普通だし、特産になりそうにもない。あんたが喜ぶ理由がわからない」

「価値があるのは、実や幹ではないんですよねえ」

と、秘密めかすクラリーシャ。

舅殿とは既に相談してあり、いずれもう少し目途が立ったら、ジャンにも話すことになるだろう。

「上手くいけばお金をジャブジャブ稼ぐことができます。お義父様の代で子爵家陞爵も、かなり現実的になってきましたよ」

とクラリーシャは悪っるい顔してほくそ笑む。

「よくわかんねーけど頼もしいっす、お嬢様！」

とカンナも笑顔になって、脇に立ったまま干し桑の実をパクつく（お作法失格）。

「あんた……本気でウチみたいな弱小家を、大貴族にするつもりなのか？」

とノリについていけず、呆れ返るのはジャンだけ。

「もちろんです！　わたくしは口だけの女ではありませんよ。ジャン様の代で伯爵家に成り上がり、わたくしたちの子供の代で侯爵家を目指すんですから！」

「…………」

クラリーシャが断言すると、ジャンは少し考え込む様子を見せた。

それから――急に真剣な顔つきになって言い出した。

「さっきの話なんだけど、僕はお茶会に出るつもりはないからな」

と強引に桑の木の話を打ち切り　もう終わった話を蒸し返す。

聞いてカンナが「ハァ？　なんすかいきなり。ノリ悪ーな」と気分を害す。

しかしクラリーシャは、ジャンの言葉の意図を汲み間違えない。

『僕は家を継ぐつもりはないって言ったよな？　いくらあんたが頑張って侯爵家を目指しても、徒労になるだけだぜ？』

と、そう遠回しに言っているのだ。

直接言わないのは、カンナに聞かれるとマズいからだ。

クラリーシャは嘆息し、

「何か事情もないのにお茶会をお断りするのは、あり得ないほどの無作法ですよ？　それこそ絶交宣言だと先方に思われても仕方がないくらいの」

「構わない。僕は貴族のご令息やご令嬢って連中と、元よりつき合う気はない」

「フツーにお友達ができるチャンスでもあるんですよ？　学校生活だって楽しくなりますよ？」

「要らない。学校なんてどうだっていい」

と、取り付く島もないジャン。

「どうしてそんなに頑なななんですかねえ」

せめて理由を聞かせて欲しい。

だからクラリーシャはカンナの方へ、チラッと目を向ける。

それで利発なメイドが察し顔になって、

「あーし、他にも仕事があるんで行くっすねー」

と気を利かせて二人にしてくれた。

カンナがリビングを出ていくのを待ち、クラリーシャは改めて訊ねる。

「どうしてジャン様はお家を継ぐつもりがないのか、いい加減教えてもらえませんか?」

「………」

「納得できない限り、わたくしは『家継げ、家継げ』ってやかましく言い続けますよ?」

「それは勘弁してくれ……」

ジャンは心底困ったような顔をしてうめいた。

またおかげで話してくれる気になったのだろう。

「……笑わないと約束してくれるか?」

そう確認するジャンの口調には、怯(おび)えの色が含まれていた。

だからクラリーシャも、真剣に応(こた)えた。

「もちろんです。祖母と両親の誇りにかけて」

人をバカにして楽しむような人間には、育てられていないのだ。

◇◆◇◆◇

ジャンは部屋へ立ち入る許可をくれた。

クラリーシャが男爵家のタウンハウスへ来た初日、窓からロープで飛び込んだあの部屋だ。

身だしなみには頓着(とんちゃく)なかったジャンだが、意外と部屋は散らかしていない。

特に机やその上の小さな書棚周りは、完璧(かんぺき)に整頓(せいとん)されていた。

そこが彼にとっての聖域なのだろうと見てとれるほどに。

クラリーシャがしげしげ眺めていると、ジャンは机の上に置かれていた紙束（かみたば）を手渡して来た。

一枚一枚に、彼の手書きだろう文字がびっしりと埋まっている。

「これが誰にも言っていない、僕の趣味だ」

と、まだバカにされるのではないかと恐れ、緊張した様子で。

「拝見します」

クラリーシャは丁重に受け取り、目を通した。

先日、床に散乱してしまったのを彼女がひろい、弾（はず）みで目に入ってしまった一枚もあった。あの『好きスキ大好きアイシテル！』だ。

そしてジャンの申告通り、決して恋文（ラブレター）などではなかった。

全体に文章が稚拙（ちせつ）なため理解にやや時間がかかったが、

「これは……何かの物語ですか？」

「ああ。軽歌劇（ライトオペラ）の脚本だ」

と、ジャンは自信なさげに告白した。


軽歌劇（ライトオペラ）――

上流階級相手の重厚で正統な歌劇（オペラ）に対し、近年生まれたと聞く庶民相手の娯楽である。

泰平の世が訪れて百年、人々の暮らし向きが豊かになった証左であろう。

「去年くらいから、このリュータで流行ってきたんだ。今じゃどこの広場でも即席の舞台が作られてて、毎日のように劇をやってて……それをみんながこぞって観てる」

「確かに王都でも大流行していましたね。わたくしも興味はあったのですが、生憎と時間がなく観劇する機会はございませんでしたが」

王宮にいたころは、それこそ王妃教育と社交漬けの毎日だった。

「あんたみたいなご令嬢に合うかはわからない。実際、学校じゃ安芝居だってくさす奴ばっかだし。でも僕はすっかりハマったんだ。庶民向けだからこそ変に気取ってないし、わかりやすく面白いんだよ。それでそのうち、自分でも脚本を書いてみたいって思うようになったんだ」

「なるほど、理解いたしました」

クラリーシャは相槌を打ちつつ、新たな一枚――脚本の下書きに目を通す。

これは釣りをやっているシーンだろうか？

相変わらず稚拙な台詞や表現が目に付くが、しかし素人が始めて一年くらいならこんなものではなかろうか。

「……あんたは本当に笑わないんだな」

「他人様の趣味をあげつらうほど、性根はねじ曲がってないつもりです」

仮にジャンがあれほど前置きをしなかったとしても、クラリーシャは決して嘲笑しなかった。

「そしてこのご趣味が、家を継がない理由だと？」

「『ラオペ』作家になりたいんだ。ゆくゆくはそれで生計を立てて、家を出る」

ジャンは夢見る少年の顔になって言った。

「わざわざ家を出なくても、両立なされるではダメなのですか？　領主になっても統治の傍ら趣味を続け、むしろ趣味を生かして文化振興に貢献しておられる方はいっぱいおられますわ」

クラリーシャは婚約者の気持ちを尊重した上で現実を語った。

二人、しばし無言で見つめ合う。

視線でバチバチ火花を散らしていたから、甘やかな空気は皆無だったけれど。


結局、先に折れたのはオトナのクラリーシャだった。

「わかりました、ジャン様。簡単にご翻意いただけないでしょうし、この話は一旦終わりにしましょう。お義父様に軽々しく告げ口するような真似もいたしませんので、ご安心ください」

「……あんた、本当に理解のある女だな。正直、ありがたい」

「不理解と不寛容は容易く争いを招いてしまいます。私は武門に生まれた女だからこそ、戦いは最後の手段と心得、他者との協調を重んじます。そのように祖母の薫陶を受けました」

「その割にコーデリアにすぐケンカ売ってなかったか？」

「ちゃんと先に言葉は尽くしましたし、最後通告もいたしました」

「それは……確かにそうだったな」

「協調を重んじるとは、決して相手の言いなりになることではないのです」

そう――

言うべきことは言い、相手にきっちり理解させることもまた重要だ。

ゆえに、

「今後ジャン様には、みっちりと学問にも励んでいただきましょうね」

「は⁉　どうしてそうなる⁉」

いきなりのことに、ジャンが目を白黒させた。

「家は継がないって言っただろ⁉　学問なんて必要ないし、勉強をやってる暇があったら脚本の一行でも書いてたいんだよ！」

「なるほど、ご意見は承りました」

すごい剣幕で反論されて、しかしクラリーシャはそよ風を浴びたほどにも動じない。


その目はジャンの向こう側――机の上の書棚に向けられている。

およそ二十冊ほどの本が、大切に収められていた。

本の背表紙にはどれもライトオペラの脚本だろうタイトルと、著者名が記されている。

活版印刷が発明されて既に数百年。書物もだいぶん安価になってきた。

とはいえ資産家というほどではない舅殿から小遣い（こづかい）をもらう身のジャンならば、きっと日々いろんな誘惑を我慢して、少しずつ買い集めたに違いない。

クラリーシャはすすっとジャンの横をすり抜けると、その大切な一冊を丁重に手にとった。

「拝見いたしますね」

「あ、ああ……。もちろん、いいよ。それは今一番て言われてるラオペ作家のシナリオで、王都でも大人気だって聞いた」

　またもいきなりのことで面食らった様子のジャンだったが、すぐに許可もくれたし、親切な解説もしてくれた。

　先ほどまでの剣幕とは、打って変わった態度である。

　自分の好きなライトオペラに、クラリーシャが興味を示して悪い気はしないのだろう。

「なるほど、聞き覚えのあるタイトルだと思っていました。あちらのお友達から、評判を小耳に挟んだことがあるんです」

　クラリーシャも遠慮なくページをめくり、目に付いた台詞を読み上げる。

「『愚者は己（おのれ）を賢いと思うが、賢者は己が愚かなことを知っている』」

「『逆境が人に与えるものこそ美しい。それはガマガエルに似て醜く、毒を含んでいるが、その頭の中には宝石をはらんでいる』」

「『宮廷の礼儀作法なんて、田舎じゃおかしくってしょうがねえんだ。田舎の行儀が宮廷じゃ大笑いなのと一緒のこったね』」

　いくつか読んで、この場は一旦満足して、また丁重に書棚へ返す。

　するとジャンが興奮した様子で訊（き）いてくる。

「どうだい、ラオペってだってバカにできないだろう⁉」

「仰る通りですね。この著者の方が何者かは存じませんが——確かな教養を感じます」

「えっ……」

しかしすぐに口元に手を当てて考え込むと、「確かに……」と小声で呟く。

「ジャン様は家を継がないから学問は必要ないと仰いましたが、ラオペ作家になるのにも知識や教養は必要なのではないですか？」

「ぐっ……」

「もちろん、この方の作品だけが特別で、他のライトオペラは安芝居と蔑まれても仕方のないようなものばかりか、あるいはやはり玉石混交なのか……。ともあれジャン様の書きたい脚本は、この方のような優れた文学作品ですか？　それとも安芝居ですか？」

「ぐぐっ……」

「お勉強、頑張りましょうね？」

「ぐぅぅ……」

クラリーシャが畳みかけるように言うと、ジャンは悄然とうなだれた。

てっきり安っぽい反論を言い立てたり、子供のダダと変わらない癇癪を起こすかと思った――貴族の子女にはそのタイプが本当に多いのだ！――のだが、そんな愚かな真似はしなかった。

（ただ……理屈としては呑み込めても、感情としてすぐに受け容れられるかは別の話ですよね）

クラリーシャだとて人の子だから、そういう心情もわかる。

だから理屈で追い込むだけではなく、助け舟も用意する。

「明日は学校もお休みですし、今からお出かけしませんか、ジャン様？」

「な、なんだよ、急に。勉強しろって言ったり、外に出ろって言ったり、矛盾してる……」

「そのお勉強をいきなり始めるのはお嫌そうでしたので、代わりにと」

「……別に外出するくらいなら、いいけど」

「ありがとうございます。ではカンナさんたちに一言、言って参りますね」

クラリーシャは会釈すると、先にジャンの部屋を出る。

そして扉を開きざま、ふと振り返ってジャンに言う。

「ふふっ。**初デート**ですね？」

イタズラ心でからかうと、女性の免疫皆無のジャンが覿面(てきめん)に赤くなる。

（殿方を手玉にとるとは、こういう感覚なのでしょうか？）

照れ隠しでそっぽを向いたジャンを見て、クラリーシャは楽しいと思ってしまった。

拳(こぶし)を口元に当てて、忍び笑いを漏(も)らす。


思い返せばレナウン王子は、クラリーシャの前ではいつも気を張っていて、こんな風に可愛(かわい)げを見せてくれたことなど一度もなかった。

親しさの欠片(かけら)もない、冷え切った関係だったのだろう。結局。

クラリーシャがジャンと向かったのは、町の東近郊にある池だった。

リュータの周辺にいくつかある水場の一つで、ノースポンド校の傍にあるそれよりも大きく、水も同じくらい澄んでいた。

王都から旅してきた道すがらに見つけ、良いスポットだと思っていたのだ。

畔に並んで座り、クラリーシャが一方的に話しかけたり、透明な湖面を眺める。

そして、釣り糸を垂らす。

「お、ヒット！　またヒットしましたよ、ジャン様。うふふふ、ここのお魚さんたちったら、本当に食いしん坊なんだから、もう！　ダメですよう、そんなんじゃ。わたくしみたいなワル～い人間に、逆に食べられちゃいますよ！」

「…………」

クラリーシャは大はしゃぎで竿を引きながら、水中でもがく魚と格闘する。

その隣でジャンは白けた顔をして、微動だにしない糸を垂らし続けている。

二人の後ろのバケツには、既に五匹のカワカマスが釣れていた。

全てクラリーシャの釣果であり、ジャンが釣ったものはゼロだった。

「いい釣り場ですねえ！　小ぶりなカワカマスばかりですが、入れ食い状態で楽しいです」

「……僕はちっとも楽しくないけどね。釣りなんて」

「そりゃあ一匹も釣れなかったら楽しくないでしょうねえ」

クラリーシャは釣ったばかりの一匹を、躊躇いなくつかんで釣り針から外す。

もう暴れるわ歯は鋭いわ鱗はぬめるわで、貴族の令嬢が手づかみにしてよい代物ではない。

隣で見ているジャンの方が、よほどに気色悪そうにしている（このお坊ちゃん育ちめ！）。

「わたくしばかり釣れるのはたまたま運がいいから——そう思ってらっしゃいますか？」

クラリーシャは用意してきた小さな台の上で、ナイフを使ってカワカマスを締め、血抜きを始める。慈悲はない。

その手つきは豪快そのもので、深窓の令嬢らしさは絶無である。

「そうに決まってるだろ？　どっちの針に食いつくかなんて、魚の機嫌次第だ」

「それがそうじゃないんですよねえ」

ジャンとの会話を続けながら、本格的に魚を捌きにかかるクラリーシャ。

カワカマスは骨が大きくて邪魔な魚だが、それを丁寧に取り除く。内臓は次のエサに使う。そして残った身を丹念に叩いて潰す。

ナイフの扱いは熟練のそれだ。

「どこの釣り場で、どんな魚を狙って、どんな深さまで針を垂らすか。竿を小刻みに操って、生餌に見せかけるテクニックなんてものもあります。確かに最後にものを言うのは運なんですけどね、それでも釣りで重要なのは知識と技術なんですよ」

クラリーシャは屋敷を出発する前に、ちゃんとこの池の魚の癖を聞いてきていた。

ちょうどサージが釣りが趣味で、懇切丁寧に教えてくれた。

「……知らなかった、そんなの」

「でしょうね。先ほど拝見したジャン様の脚本に、釣りのシーンがございました。敢えて忌憚なく申し上げますが、説得力がございませんでしたもの」

「……耳が痛いな」

ジャンがガックリとうなだれた。


しかし、やっぱり安易な反論はしてこないし、腹を立てている様子もない。

割と容赦がない（自覚アリ）クラリーシャの批評を、痛みとともに受け止めているようだ。

（ジャン様が創作に、真摯な気持ちで取り組んでいらっしゃる証左でしょうね）

頑張り屋さんが好きなクラリーシャは、素直に感心する。

そして、その間にも彼女の手は別の生き物の如く調理を続け、叩いたカワカマスの身をこねて、つくねのタネを完成させる。

「さあ、ジャン様。揚げていきますよ！」

調理に最低限必要なものは屋敷で借りてきたし、鍋の準備も先にできていた。

焚火もクラリーシャが火打石と火口を使って、手際よく熾している。

激しく躍る炎にかかった鉄鍋の中では、キツネ色の胡桃油が煮えたぎっている。

そこへ先ほどのつくねを投入すれば、お手軽料理の完成である！

「ああっ……食べ物が揚がる時の音って、どうしてこうも人の心を昂揚させるのでしょうかっ」

「僕は魚料理は好きじゃないんだけどな。臭いし」

海の存在しないタイタニア西部の人間らしい感想でジャンが、一人で盛り上がるクラリーシャのテンションに水を差した。

「でも食べていただきますからね？」

「……わかったよ。これもラオペの説得力に必要な経験だって言うんだろ？」

「ご理解が早くて助かりますわ」

こんがりと揚がったカワカマスのつくねを、お玉杓子ですくって網に載せ、油を切る。

塩をジャンジャカ振る。

池まで来るのに荷物は少なくしたかったので、皿やフォークは持ってきていない。

自然の中で、網の上の揚げつくねを手づかみで食べるという、野趣あふれる軽食だ。

「さあ、ジャン様も。一口でガブッと行ってくださいませ」

「あ、ああ……」

二人で同時に頬張る。

二人、同じ顔をして瞳を輝かせる。

「美味い……。それに臭くない……」

「そうでしょう、そうでしょう」

ジャンの口から漏れた感想に、釣りから調理から全部一人でやったクラリーシャは大満足。

もちろん淡水魚だから、臭みが全くないとは言えない。

しかし釣り立てだから、揚げれば風味に変えて打ち消すことができる程度。

歯応えこそ良いけど淡白な味の白身も、香ばしい胡桃油の威力でガツンと補強。

冷蔵技術の発達していないこの時代、カワカマスを最も美味しく食べることのできる調理法の一つといえよう。

「……こんなの、食べたことない」

「川魚は足が早いのです。サージさんが釣って帰ったり漁師さんから買ったりして、ジャン様の食卓に上がるころにはもう、ジャン様のよく知る臭みたっぷりのカワカマスになってるでしょうからね」

「……なるほど」

「これもいつか、脚本に使えそうですか?」

「それは……わからないけど。だけど『知らないから描けない』のと『知ってても描かない』んじゃ、雲泥の差があるのはわかる……」

「技術とは修練に裏打ちされるものです。ですからジャン様の仰る通り、一行でも多く脚本を書いて、技術を磨くのは大切なことでしょう。しかし芸術や創作はただの技術に収まりません。学業や知識も大事ですし、こうやって様々な体験を得ることもその肥やしになるのではないでしょうか?」

「……そうかもしれない」

クラリーシャがどうしてジャンを外に連れ出し、釣りに誘ったのか、納得してくれたようだ。

「ジャン様のご趣味を、わたくしは応援したいと思います。ですので、これからもこんな風に協力させていただけませんか？　もちろんお勉強だって一緒に机を並べてすれば、より効率的だと思うのです」

「………………」

すかさずしたクラリーシャの提案に、しかしジャンはすぐに乗ってこない。

諾（だく）とも否（いな）とも答えず、代わりにこう訊ねてきた。

「……あんた、本当に公爵令嬢なのか？」

「ええ。成人儀式（デビュタント）を経て、ジャン様と正式に結婚するまでは」

クラリーシャはより正確な補足付きで肯定しつつ、どうして自分の出自が疑われているのだろうかと不思議に思う。

果たしてジャンはかぶりを振りながら言った。

「僕が知る高位貴族の令嬢は、釣りなんかしない。まして釣った魚を自分で捌くなんてできない。あげく焚火を熾すだって？　苦労するから騎士でさえ嫌がって、兵士たちにやらせる作業じゃないか。それをあんたは喜々としてやっていた。今日だけの話じゃない。窓からロープで飛び込んできたり、僕の髪を切ったり、そんな公爵令嬢がどこにいる⁉」

（ここにいますが！）

クラリーシャは苦笑いしつつ、しかしジャンの疑惑ももっともだと思い、説明する。

「確かにわたくしの知る限りでも、普通のご令嬢はなさらない真似の数々ですわね」

「あんたは普通じゃないって?」

「申し上げたでしょう? 尚武(しょうぶ)の州(くに)の、武門の娘だと。幼いころから兄弟とともに野外に出て、父や騎士たちから生存術(サバイバル)を学びました」

「将来、王妃になるのが約束されていたのに?」

「だからこそです。もし将来、戦(いくさ)に敗れ、城が陥落し、レナウン殿下と二人で落ち延びるようなシチュエーションになろうとも、この技術があれば敵兵から身を隠しつつ生き延びることも可能です」

「想定が極端すぎる……」

「甘い想定で身を亡ぼす者を、武人は匹夫(ひっぷ)と呼ぶのです」

実家で学んだ戦訓を、クラリーシャはきっぱりと口にする。

でもせっかく釣りを楽しみに来て、堅い話を続けるのも野暮(やぼ)だと思い、一転、砕けた口調になって言う。

「そういうわけで、わたくしは深窓では育てられなかった、さしずめ箱入らず娘なのです」

「箱入らず娘て」

ジャンが呆れ声で言った。

わりと笑いどころだと思ったのに、クスリともしてくれない。

どころか彼は、妙に深刻な顔つきになって言い出す。

「今日のことは感謝するよ。僕の趣味のことをバカにするどころか、応援するって言ってくれて本当にうれしかった」

「いいえ、大したことはしてませんよ」

ジャンのお礼に、クラリーシャは笑顔で応じた。

急に決まった婚約者相手といえど、いつまでもギスギスとしていたら息が詰まる。

これで彼の方からも歩み寄ってくれたら、うれしいに決まっている。

なのにジャンは、クラリーシャの視線から逃げるように、

「そうだな、あんたにとっては大したことじゃないんだろうな」

と、せっかく猫背を矯正中の彼が、ひどくうつむいて言い出した。

「あんたが大物だってのは、よくわかった。こんな田舎の格下貴族に嫁ぐことになったのに、ちっとも動じた様子がないのが不思議だったけど——要するにあんたには確固たる自信があるから、そんなちっぽけなこと気にしてやいないんだ。末は侯爵家って荒唐無稽な話だって、あんたにかかれば実感があるんだ。……あんたのこと、可哀想な悲運のお嬢サマだって思ってたけど、僕の決めつけだった。いや、見くびってた」

「え、ええ、そうですね……褒めすぎなような気もいたしますが。でもとにかく、わたくしが決して嫌々嫁ぎに来たわけではないと、ご理解いただけたようでうれしいです」

後はジャンが婚約を受け入れてくれれば、この件はめでたしめでたしだ。

そう思ったのに——

「……理解したよ。だからよけいにでも、あんたとは婚約できないって再確認した……」

思いがけないその言葉に、クラリーシャは一瞬凍り付いた。

そして心の中で叫んだ。


（どうしてそうなるんですかああああああああああああ⁉）

ジャンが男爵家を継がないと密かに決心したのは四年前――十二歳の時分だ。

もっと幼いころは無邪気に、立派な武人である父親と美人で有名な母親を慕っていた。

二人にいいところを見せたくて、剣や乗馬の稽古、読み書きや簡単な算術などなど、ちゃんと頑張っていた。

しかし母が流行り病で急逝し、全てがおかしくなった。

ジャンもひどく悲しんだが、父の消沈ぶりは輪をかけていた。

そんな父を励ますために、ジャンは涙を拭いて立ち上がり、それまで以上に稽古や勉学に打ち込む姿勢を見せた。

そのジャンの心が通じたか否か――やがて父も涙を拭いて立ち上がってくれた。

だがその時には、人が変わってしまっていた。

普段は大らかで思い遣りのある、昔からよく知る父のまま。

だがジャンを鍛える時は、鬼と化すようになってしまった。

「人は永遠には生きられない――その当たり前のことを、オレはようやく実感させられたよ。オレだってある日いきなり、病気でポックリ逝くかもしれないんだ。ジャン、明日にはおまえがフェンスの家督を継ぐことになるかもしれないんだ。いつまでも子供気分でいてはいけない」

そう口を酸っぱくして、恐ろしく厳しい修業をジャンに課してきた。


ジャンも初めはその期待と重圧に応えようとした。

しかしいくら発奮しても、結果がついてこなかった。

剣の腕前は大して上達しなかったし、馬をまともに走らせることもできなかった。

まるで才能がなかった。

父も厳しいだけで、良い教師ではなかっただろう。

そもそも父は天賦の才を持って生まれた武人であり、ジャンのような「できない人間」の気持ちや上達しない理由がわからない。

逆に学問や教養、貴族の作法に関しては父も疎いので、自分を棚に上げてやれやれ言うばかりで、手本にさえならない。

ジャンもだんだんと腹が立ってきて、しまいには真面目にやらなくなったという経緯だ。

思春期特有の反抗期なのも手伝い、家督なんかもうどうでもよいと思うようになった。

父の跡を継がないと決断したら、気が楽になった。

否——

楽になったと自分に言い聞かせ続けているだけで、本当はコンプレックスに苛まれていた。

自分はなんてダメな人間なのだろう、家督を継ぐに値しない人間なのだろう、と嘆いていた。

でも自分が継がなかったら男爵家はどうなるのか、仕えてくれる郎党たちはどうなってしまうのか、その恐ろしい未来から目を逸らし、考えないようにしていた。

そんな愚にも付かない自分の元へ、高名なクラリーシャ嬢が嫁いできたのだから青天の霹靂というしかない。

そう、彼女の名前はこんな辺境にも届いている。

タイタニア一番の美姫で、才女で、あふれる教養や歌舞音曲にも通じた、完璧な淑女。

王太子レナウンの許嫁で、ベストカップル。

彼女を褒め称えるありとあらゆる言葉を、様々な方面から聞き及んでいた。

そして実物の彼女と出会ったほんの数日で、それらの一端をまざまざと実感した。

噂に違わぬ、潑溂とした笑顔と輝くような美貌。

噂からは想像もしなかった、窓から突入してくる行動力に野外で見せたヴァイタリティー。

しかもジャンの趣味に理解を示し、蒙(もう)まで啓(ひら)いてくれた。

心根だって素晴らしい！　貴族失格のジャンや格下の男爵家に対して、見下すような態度が皆無だった。

噂以上に完璧な淑女だと思った。


そんなクラリーシャが、こんな情けない男と結婚だなどと、あってはならない。

犯罪的とすらジャンには思える。まして父が武功を盾に、無法な要求をしたとあっては。

最初は同情からだった。

本人と会って、話して、ますます考えを強くした。

驚くべきことに彼女自身が結婚に前向きだったわけだが、だからといって甘えてはいけない、と――

クラリーシャはもっと彼女に相応(ふさわ)しい青年と結ばれるべきだ。

そして幸せになるべきだ。

あんな素晴らしい女性が、不幸な結婚などしてはいけない。

（だから僕は、彼女と結婚できない。してはいけない）

これからも心を鬼にして、クラリーシャとは壁を作っていくべきだ。

それから他の良い縁談を探すように、彼女自身と父を根気強く説得していくべきだ。

窓から朝日が差し込み、ジャンは頬を撫でる温かい感触に辟易した。

ベッドの上で、半ば夢現で考え事をしているうちに、夜が明けてしまったらしい。

幸い学校は休日だ。このまま起きるか。二度寝するか。

迷っている間に、懐かしい音が階下から聞こえてきた。

母が生前によく弾いていた、鍵盤楽器の優しい音だ。

亡くなって後はもう誰も弾き手がおらず、ずっと耳にしていなかったのに。

（いったい誰が弾いてるんだ……？）

と疑問に思って、答えなどすぐに出た。

外から来たお客——クラリーシャ以外、考えられない。

（きっと母さんのチェンバロだと知らずに……っ）

ジャンはベッドから跳ね起きると、急いで自室を出る。

チェンバロは一階の談話室に、母が使っていた時のままに置かれている。

けたたましく階段を駆け下りていくその間も、チェンバロの音はずっと耳に入ってくる。

早朝の空気に相応しい、清々しいメロディだ。

複雑な鍵盤タッチをしているのに、それがちっとも嫌味に聞こえない。

どれだけ優れた奏者なのか、これ一発でわからされる。

だが問題なのは、腕前の良し悪しではない。

人には誰しも、触れられたくないものがあるのだ。

ジャンにとっては、生前の母が愛したチェンバロがそうだ。

サロンの窓辺で楽しげに演奏する母の姿――幼少のころの大切な思い出を、決して他人に踏みにじられたくはないのだ。

もちろん、クラリーシャに悪気があるとは思っていない。

しかし、心がざらつくのは抑えきれない。

（やっぱり、あんたか……）

サロンに突入したジャンは、演奏中のクラリーシャを発見する。

今すぐ演奏を中止して欲しい――そう声をかけ、事情を説明しようと息を吸い込む。

否――吸い込もうとして、失敗した。

体が、固まった。

意識が、止まった。

目が、楽しげに演奏しているクラリーシャの姿に釘付け（くぎづ）けになった。


早春の朝日が差し込む、窓辺のチェンバロ。

そよぐ純白のカーテン。

そして、陽光と微風をたっぷりと浴びながら、伸びやかな仕種（しぐさ）で打鍵するクラリーシャ。

きらめくような笑顔。

それらの光景が、その姿が、生前に母が演奏していた情景を彷彿とさせたのだ。

重なってさえ見えたのだ。

（あり得ないっ……）

ジャンは内から湧き上がる感動を、必死に否定しようとした。

思い出は美化される。

母が亡くなったのは五年も前、ジャンの記憶にある母の姿はこの世の誰よりも美しいはず。

にもかかわらず、クラリーシャの美しさはその美化された母に匹敵した。

だからこそ、チェンバロを演奏する彼女に母の姿が重なったのだ！


クラリーシャの演奏姿にどれだけの間、見惚れていただろうか？

「まあ、ジャン様。おはようございます」

談話室の入り口で立ち尽くすジャンに、クラリーシャの方から挨拶してきた。

演奏の手を止め、律儀に椅子から腰を上げて。

「それは……母さんが大切にしていたチェンバロなんだ……」

ここに来た本題を思い出したジャンは、挨拶を返しもせずクラリーシャの元へ向かった。

しかし口調にキレがない。

さっきまで抱いていた心がざらつくような気持ちも、どこかに行ってしまった。

「勝手に触れないでくれ」と、その最後の台詞が喉から出てこない。

ジャンがまごまごしている間に、クラリーシャが返事をした。

「はい、お義父様からお聞きしました。今でもどれだけ大切にされているか、弾く方はいなくなったのにちゃんと調律されているのをみれば、窺えます」

「っ……それがわかってるなら、なんで勝手に……」

「えっ。お義父様が弾いてもよいと勧めてくださったんですが……？」

「マジかよっ」

きょとんとなったクラリーシャの言葉に、ジャンは愕然とさせられる。

（父さんは、母さんの思い出が大切じゃないのかよ。僕だけかよ）

親子の心が離れてしまっていることを、改めて痛感させられる。

一方で重ね重ね、クラリーシャに罪はない。

「ごめん。独り合点で、あんたに不当な言いがかりをつけてしまった」

気持ちを切り替え、真摯に詫びる。

「わたくしこそ申し訳ございません。ジャン様にもちゃんと許可をとるべきでしたね」

あちらも深々と頭を下げてくる。

「いや、あんたは何も悪くない。悪いのは言いがかりをつけた僕だ」

「ではお互い様ということで、このことは水に流しませんか？」

「あんたはそれでいいのか？　ぶっちゃけムカついただろ？」

「構いませんし、ちっともムカついておりませんわ。むしろジャン様の家族想(おも)いな一面を見ることができて、得したとさえ思っています」

クラリーシャはそう言って、口元に拳を当てクスリと笑う。

その愛らしい仕種と彼女の台詞に、ジャンは照れ臭くなった。

そっぽを向いて、「続けてくれ」と中断させてしまった演奏の再開を促す。

（母さんの姿と重なって見えたなんて、何かの間違いだ。それを確認するだけだ）

と、誰にする必要もない言い訳まで胸中でする。


「はい、ジャン様。ではお言葉に甘えて」

クラリーシャは再び腰を下ろすと、さっきとはまた別の曲を爪弾(つまび)いた。

気持ち良い目覚めを促すような、快活なメロディだ。

彼女の指もまた軽快に躍り、先の曲よりさらに複雑な鍵盤タッチで、流れる音を紡(つむ)ぎ出す。

「……あんたは本当になんでもできるんだな」

「チェンバロに関しましては淑女の嗜(たしな)みですし、富裕層の生まれならば大抵の方は弾けると思いますよ？　お母様だってそうでしたでしょう？」

嘆息混じりにジャンが言うと、クラリーシャがこちらを向いて、こんなのなんでもないことのよ

うに答える。

　だがその間も、手だけがまるで別の生き物のように超高速打鍵を続けている。

「母さんは下手の横好きだったよ。あんたみたいな才能は欠片もなかった」

「あら。わたくしだってチェンバロの才能はございませんわよ？　教師の皆様に口をそろえて言われました」

「は!?　これだけ弾けて!?」

「それはただの修練の成果ですわ。いわばゼンマイ仕掛けのオルゴールみたいなもので、楽譜をなぞるだけの面白味のない演奏です。本当に才能のある方々は、音に情感が宿ります」

「僕にはあんたの演奏も、気持ちが伝わってくるように思えるけどな」

「それはこの曲を作った方の、曲想が優れているからです。だからそれを再現するだけで、ジャン様には特別に聞こえてしまうのですわ」

「あんた、知ってるか？　謙遜もすぎれば嫌味になるんだぜ？」

　完璧令嬢の言葉がいちいち鼻についてきて、ジャンは憎まれ口を叩く。


　するとクラリーシャが演奏を止めた。

　今度こそ怒ったのかと思った。別に構わないとジャンは強がった。

　しかしクラリーシャに腹を立てた様子は別段なかった。

　ただ何やら考え事を始めていた。

「ジャン様。少しお恥ずかしいのですが……」

「……なんだよ」

はにかみながら手招きするクラリーシャに、ジャンは素直に従った。

いったい何事か？　興味があった。

隣に立つと、クラリーシャは椅子に腰かけたまま、打って変わって開き直った態度で、ズイと両の掌(てのひら)を広げて見せる。


さすが上位貴族の令嬢らしい、あかぎれ一つない真っ白な手――には程遠かった。

あかぎれどころか擦(す)り傷だらけ、癒(い)え切っていない生傷だらけ。

またあちこちに肉刺(マメ)ができているのが見える。

皮膚も分厚そうで、ところどころ角質化して胼胝(タコ)になっているところも。


「男の手みたいでしょう？」

「っ……」

苦笑するクラリーシャに、ジャンは唖然(あぜん)となったまま答えられない。

考えてみれば、貴族令嬢の手が綺麗(きれい)なのは、自分では何もしないからだ。身の回りの清掃はおろか、服の着替えさえ侍女にやらせるような生活をしているからだ。

対してクラリーシャは綱登りはする、釣りはする、料理はする、しかもそれを幼いころからと、たおやかな手をしていよう道理がなかったのだ。

「チェンバロの才能のないわたくしが、人並み以上に弾けるようになったのは、ただ単に人一倍弾き込んで、錬磨を重ねたというだけですわ。来る日も来る日も弾いていると、ここに打鍵タコができるのです。ここ見てください、ここ」

うりうりと指し示すクラリーシャの迫力に呑まれ、ジャンは生唾（なまつば）を呑み込む。

「才能がないってわかってるのに、どうしてそこまでやり込んだんだよ？　それも王子サマを守るためか？」

「仰る通りです。王族や貴族は『舐められたら負けな稼業』ですから」

といつもの、まるでヤクザみたいなことを言うクラリーシャ。

「泰平の世ならば、なおさらそうです。王権（レガリア）という実体なき力を維持するためには、一人でも多くの尊敬を、陰に日向に勝ち得なければならない。ゆえにわたくしは、タイタニア中のあらゆるご令嬢よりも優れていると、実証する必要があったのですわ」

「だからって、別にチェンバロが弾けなくたって立派に王妃は務まるだろ？」

クラリーシャの言うことは極論すぎると思った。

あるいは理想論だと思った。

「現に今の王妃サマだって、そんななんでもかんでもできる人だなんて聞いたことも――あっ」

しかしジャンは反論を口にする途中で、自分で気づいた。

公爵令嬢クラリーシャがどれだけ優れているか、その風聞はこんな田舎にも届いている。

一方、現王妃の名声は、とんと聞いたことがない。

そしてジャン自身がまさに今、そんな王妃を侮るような発言をしかけたではないか。

「普通、こんな手をした令嬢は嫁の貰い手がないんですよ？」

もうかく恥もないとばかりに、ズイズイと両手を見せつけてくるクラリーシャ。

「だけど、わたくしはレナウン殿下との婚約が決まっておりましたため、両親とお祖母様からありとあらゆる技術や教養、作法を叩き込まれました。こんな手になっても構わないからと、それはもう容赦なく。社交の場に出る時は、手袋で隠せますしね」

「そして、あんたものその期待に応えた、と……」

自分とは大違いだと、ジャンは思った。

才能がないからと、稽古も勉強も全て投げ出した自分とは。

如何にもお坊ちゃん然とした、生白い手をした自分とは。


（どうしてこんなにも違うんだろうか……）

ジャンは自分と彼女の手をまじまじと比べる。

無意識のうちに、突きつけられたクラリーシャの掌に、自分のそれを当てる。

「あらあら、未婚の淑女の手を許可もなくとるだなんて、本来は家族か婚約者しかやっちゃダメなことなんですよ？」

「わ、悪いっ」

我に返ったジャンは、慌(あわ)てて手を引っ込める。

「うふ。そこは『僕は婚約者だろ』ってツッコミ待ちだったのですが」

しかし今度はクラリーシャの方が手を伸ばし、素早くジャンのそれをつかみとる。

互いの掌をより密に触れ合わせるように、指と指をからめてぎゅっとにぎってくる。

「ジャン様の手は温かいですね」

クラリーシャが屈託(くったく)のない笑みを浮かべて言った。

女性に免疫がなく、また母親以外の手をにぎったことのないジャンは、たったこれだけのことでカーッと赤面してしまう。

「ふふっ。もっと温かくなりました」

「からかうなよっ」

「これでさらに温かさ倍ですっ」

クラリーシャに逆の手もとられ、これで両手ともつないだ格好に。

しかもこの状態だと、真(ま)っ直(す)ぐに見つめてくるクラリーシャの眼差(まなざ)しや、黒真珠の如き綺麗な瞳を、よけいにでも意識させられる。

その視線から逃れようと思えば、不自然な体勢で身をよじらなくてはいけない。

だからジャンは別の手段で、この気恥ずかしい拘束から逃れることにした。

「……曲のリクエストがあるんだけど」

「まあ！　ええ、ええ、なんでも仰ってくださいませ。わたくし、レパートリーなら二百曲ほどございますので！」

「それはまたべらぼうにすごいな。……いや簡単なのでいいんだ。『野ばら』とか」

「わたくしが三歳の時、最初に習得できた曲ですわ！」

(母さんが唯一、まともに弾けた曲だけどね……)

自称才能ナシの三歳児に弾ける曲を、母は自慢げに弾いていたらしい。

亡き母にそんな可愛い一面があったことを知って、しばし懐旧の情が募る。


その間にもクラリーシャの手が離れていき、彼女の演奏が始まる。

母が弾いていたのとは似ても似つかない、技巧の極致を尽くした『野ばら』。

ジャンはしばし耳を傾け、目が覚める想いだった。

母は母。クラリーシャはクラリーシャ。

全くの別人で、先ほど重なって見えたのが嘘のようだ。

(僕がどうかしていたんだろうか……)

あるいは、初めて目の当たりにしたクラリーシャの演奏姿が、それだけまぶしかったか。

多分この先もう二度と、彼女に母の面影を覚えることはない気がする。

「ずっと失礼なことばかり言って、悪かったな。……クラリーシャ嬢」

「初めて『あんた』ではなく名前で呼んでくださいましたね、ジャン様」

演奏の手を止めず、クラリーシャがうれしそうに笑った。

ジャンは逆にばつが悪くて、目を逸らして頬をかいた。

「僕も改めるから、クラリーシャ嬢もこの際『ジャン様』はやめてくれないか?」

「では少し気が早いですが、『旦那様』とお呼びしましょうか」

「勘弁してくれ! ただの『ジャン』でいいって言ってるんだよ」

彼女はもっと相応しい相手と結婚すべきだという考えは変わらない。

それはクラリーシャのことを知れば知るほど、より強くなるばかり。


(……でも……ああ、僕はやっぱり意志の弱い人間だな……)

クラリーシャとの間にこれ以上、壁を作り続けるのは不可能だと痛感した。

歩み寄らずにはいられなかった。

彼女への好奇心を抑えきれない――否、人間としての魅力に抗(あらが)えなかった。

婚約を拒むなら親しくなるべきではないと、心を鬼にすべきだと、頭ではわかっているのだが、
その心の方が先に音を上げてしまった。


「承知致しました、ジャン。ですがそれなら、『クラリーシャ嬢』も他人行儀ですよ?」

「……わかった。……クラリーシャ」

「もう一声！　いっそ愛称で呼んでみませんか？」

「…………………わかった」

毒喰らわば皿までの精神で、ジャンは彼女を愛称で呼ぶ。

「クララ」

――と。

間章

王都、ラーカイム宮殿――

宰相バークラー公は、苛立ちを隠そうともせず廊下を歩いていた。

おかげで行き交う廷臣たちが畏れ慄き、急いで左右に退いて低頭する。

バークラー公爵は一言、「辣腕」と評判の男である。

齢六十を超えても眼光は鋭さを増すばかり、衰えぬ権力欲で漲っていた。

バークラー公は現王妃シャイナの実父。すなわち外戚として宮廷内に絶大な影響力を持ち、何十年と権勢を恣にしてきた。

まさにタイタニアの大立者である公が、しかし現在、頭痛の種を抱えている。

原因の半分は、孫のレナウン王子にある。

そして残る半分が偶然、廊下の反対側から歩いてくる。

最上等の絹服の下に、鍛え抜かれた戦士の肉体を隠した、泰然自若たる壮年だ。

歳は確かまだ三十八歳。

その歩調は余裕に満ち、それでいて油断ならない気配を漂わせている。

誰あろう、ランセン公爵セオドールその人だった。

「これはこれは、ランセン公。久方ぶりにお会いしましたな」

二十以上も年下のセオドールに対し、バークラー公は遜（へりくだ）った態度で会釈する。

「ええ、実に半年ぶりでしょうか。ご無沙汰（ぶさた）しております、宰相閣下」

とセオドールの方も朗らかな、それでいて礼を失しない物腰で挨拶（あいさつ）を返してくる。

この男は無論、クラリーシャ嬢の実父。

そしてバークラー公が王太子レナウンの祖父であるため、世が世なら――レナウンとクラリーシャ嬢がもし結婚していたら――自分とこの男は近い親戚同士となるはずだった。

しかし、その機会は永遠にやってこない。

これまた無論、レナウンがクラリーシャ嬢との婚約を破棄してしまったからだ。

（まったく我が孫ながら、ワシに一言の相談もなく勝手な真似（まね）をしてくれた）

件（くだん）の婚約破棄は、バークラー公にとって痛し痒しであった。

目の前のこの男（セオドール）は、強力な政敵（ライバル）といえる。

ゆえにクラリーシャ嬢が王妃となり、セオドールがその父親として巨大な権力を得ることになれば、バークラー公としては歓迎できない事態。

ところが国王ラゼル四世の軽率な詔勅（やくそく）と、レナウンの短慮な婚約破棄のおかげで、クラリーシャ嬢は田舎（いなか）男爵に嫁ぐこととなり、セオドールが外戚となる未来は防がれた。

そのことは誠に結構な話なのだが、問題はセオドールの胸中である。

今までこの男は、政敵といえどあくまで「味方ではない有力者」という立ち位置だった。

それがレナウンの婚約破棄により恨み(うら)を買い、「明確な敵対者」になったのだとしたら、恐ろしく厄介(やっかい)な事態だ。

まさに頭痛の種でしかない。


「社交シーズンになっても一向にランセン公のお顔が見えず、心配しておりましたぞ」

バークラー公はどこまでも下手に出て、セオドールのご機嫌を伺う。

敵は少なければ少ないほどいい。まして自ら作るものではない。

宰相だからと、この国一番の実力者だからと、奢(おご)れていてはいつか誰かに足元をすくわれる。

(そのことを愚かなレナウンは、まだ理解しておらん)

だから祖父たる自分が、こうして尻拭(しりぬぐ)いさせられる羽目になる。

それでもランセン公爵家と和解できるなら、なんだってしよう。

バークラー公は好々爺然(こうこうや)と微笑(ほほえ)みながら、セオドールの出方を窺(うかが)った。

果たして——

「ええ、今年はトラブル続きでしてな。なかなか王都に参ることができなかったのですよ」

セオドールもまた友好的な笑みを浮かべ、そう答えた。

「はじめは妻の実家が、たちの悪い詐欺(さぎ)に引っかかりましてね。それをなんとか解決すると、今度は友人の家で大騒動が起きたのですよ」

「ははあ、それはそれは……。して、騒動とはどのような？」

「どこぞの愚かな男が軽はずみな約束をしたせいで、友人はそれはもう大切にしていた愛娘を田舎男爵に差し出し、失う羽目になったのですよ」

「…………！」

セオドールの言葉の意味を悟り、バークラー公は絶句した。

だがセオドールはにこやかに、「あくまで友人の話ですよ？」と断った。

全き笑顔のまま――バークラー公を見るその瞳だけが、怒りと恨みで煮え滾っていた。

「その友人の憤激たるや、宰相閣下にもご想像いただけますでしょうか？　しかもその友人の息子たちまで『王国開闢以来二百年、東方を守り抜いてきた我が騎士団の実力がどれほどのものか、思い知らせてやろう』だとか『絶対に許さない。内戦も辞さない』だとか、過激なことを言い出しましてね。私も友人一家を宥めるのに苦労させられたのですよハハハハ！」

箍が外れたように大声で笑い出すセオドール。

しかしバークラー公はもう、全く笑えなかった。

「所用を思い出しました。これにて失礼」と、その場を逃げ出すように立ち去る。

老いて小さくなったその背中を、セオドールの笑い声がいつまでも追いかけてきているような錯覚に襲われながら。

バークラー公がようやく落ち着きを取り戻したのは、

「ランセン公の怒り、想像以上のようですね、父上」

と嫡男のアダージャ侯爵が、横から現れたからだ。

自分に似て奸智に長けた中年で、宰相府に勤める傍ら腹心として重宝している。

とはいえ息子の前ではまだまだ威厳を保つ必要があり、おかげで冷静になれた。

「まったく頭の痛いことだ。しかしセオドールこそ軽挙妄動とは程遠い男、今すぐどうこうはしてこないだろう。ゆえに警戒だけは怠らぬようにな」

「畏まりました、父上」

「それで、レナウンはどうしておる?」

「例によって女遊びです。本人は『今度こそ自分の目で妃を選ぶため』と息巻いておりますが」

「またか。クラリーシャ嬢が去ってからというもの、放蕩の限りを尽くしておるではないか!」

「結局、以前の愚図なレナウンに逆戻りですよ。一時、英明な王太子然としていられたのも、所詮はランセン公爵令嬢の影響だったということでしょうな」

「それもまた頭の痛い話だ……」

バークラー公は額を押さえてうめいた。

「早くアレの妃を選び出し、さりげなく宛がえ。アレの好みに合わせた牛のように下品な乳の、ワシらの操り人形にできる頭が空っぽの娘をな」

「畏まりました、父上。それでその娘にレナウンをおだてるなりなんなりさせ、帝王学の再開を急がせるわけですな」

さすが理解の早い息子に、バークラー公は「そうだ」と満足してうなずく。

「後はクラリーシャ嬢が辺境に埋もれてくれれば、皆の記憶も風化していくだろうが……」

「彼女に限って、それは難しいように思えますが」

「……そうだな。あの一族は、誠に厄介なことだな」

何か手を打つ必要があるかもしれない。

バークラー公は虚しく嘆息した。自ら敵を作りたくはないのに、と。

第四章　家族とは最も大切で厄介なもの

「『クララ』様て……。まあなんというか、若様らしいヤボいセンスっすね」

メイドのカンナが呆れ返った顔で、ズケッと言った。

「なんだって⁉　『クララ』のどこが野暮だっていうんだ。愛らしいだろっ」

ジャンがムキになって反論した。

ライトオペラ作家志望の彼だ、ネーミングセンスにダメ出しされては看過できないのだろう。

そんな二人の遠慮のないやりとりが微笑ましくて、クラリーシャは見守りながら口元に拳を当てクスリとする。

翌日早朝、食堂でのことである。

厨房から焼きたてのパンを運んできてくれたカンナが、給仕もしてくれつつクラリーシャとジャンの談笑に加わったという流れ。

「確かに愛らしいっすよ？　でも『クララ』様だなんて、とても貴族のご令嬢の響きじゃないっすよ。ぶっちゃけ庶民的っすよ。普通は『リーシャ』様じゃないんすか？」

「ぐっ……。言われてみれば……っ」

カンナの鋭い指摘に、ジャンが悔しそうにしつつも納得する。

相変わらず創作に関しては、素直というか真摯に受け止める彼だ。

やはり根っこが頑張り屋というか、そんなジャンにクラリーシャは助け舟を出す。

「わたくしは『クララ』という愛称が、とても気に入っていますよ」

「えっ、まじすか⁉」

「そらみろ、カンナ！　大事なのは本人の気持ちだろうがっ」

「ぐぬぬっ……。無理してないすか、お嬢様？　若様が哀れで気を使ってないすか？」

「そんなことないです。むしろ『リーシャ』と呼ばれる方が微妙というか、ちょっと苦い思い出がありまして……」

ちょうどレナウン王子が、自分のことを「リーシャ」と呼んでいたのだ。

だからジャンが思いがけず別の愛称で呼んでくれたのが、心からうれしかった。

まあ、皆まで言うのはそれこそ野暮なので、理由については口を濁しておくが。

「ですので、ジャン。ぜひ『クララ』と呼んでくださいね？」

「ああ、わかった」

「呼んでくださいね？」

「……わかったよ。……クララ」

「もっと大きな声で？」

「クララっ」

「サービスでもう一声っ」

「いい加減にしてくれ、クララ！」

ジャンが半ば自棄になって愛称を連呼し、クラリーシャは満更でもない気分で破顔する。

脇ではカンナが半眼になって、「ナニこの人たち急に……犬も食わねーっすよ」みたいな生温かい視線を二人へ注ぐ。


（ですが、本当に楽しいです）

ジャンとの間に感じていた壁が、すっかりなくなっているのがうれしい。

まだ婚約を納得してくれたわけではないが、心を許してくれたのはわかる。

今はそれで充分ではないか！

まずは人と人として、つき合っていくのが大事。お互いにわかり合っていくのが大事。

レナウンの時はそれが失敗だった。婚約とか結婚とか、所詮は形式でしかないのに、許嫁というだけで人間関係を構築できた気になっていた。

（わたくし、同じ失敗をする趣味はございませんので）

貴族の結婚に恋愛感情は別に必要ないが、友情さえ感じられないような冷え切った関係は、さすがに嫌だ。

だから今度こそジャンと一緒に、人がましい信頼関係を育んでいくのだ。

（そう思えば殿下に婚約破棄されたことも、わたくしの成長につながっていますね！）

クラリーシャはイイ方に考えた。

どこまでもめげない女だった。


「——おはよう、クラリーシャ嬢。ジャン」

他の料理をとりにいったカンナと入れ替わりに、舅殿が食堂にやってきた。

軍服の襟までかっちり留め、いつでも城へ出仕できる格好だ。

貴族の邸宅よりは民家に似合いそうな素朴な丸テーブルを、ジャンと三人で囲む。

だが会話はちゃんと貴族らしく、

「そうだ、クラリーシャ嬢。例の件だが、辺境伯閣下も乗り気でいらっしゃった」

「まあ！　ご理解いただけて何よりです」

と、舅殿の報せにクラリーシャは掌を合わせて喜ぶ。

一方、話が見えないジャンは「例の件？」と怪訝顔。

だからクラリーシャは説明する。

「フェンス家ご領地特産の、桑の話ですよ」

「ああ……。でも、あんな雑木じゃ特産品にはならないって話もしたよな？」

「それがクラリーシャ嬢に聞いたところ、オレたちの知らない使い道があるそうなんだ」

舅殿がほくほく顔になって言った。

領地にナンボでも生えてる木が——しかも邪魔にしか思ってなかった雑木林が、実は宝の山だったと知れば誰でもこんな顔になるだろう。

「……具体的には？」

とジャンは父親の方には目を向けず、あくまでクラリーシャに訊（たず）ねてくる。

親子の仲が今なおギクシャクしている証拠だ。

一応、よほどの理由がない限りはジャンも、食事の時は舅殿と同席している。根は思い遣り深い彼のことだ、別々にすると使用人たちが二度手間になってしまうのを避けたいのだろう。

ただ本当に同時に食事をとるだけで、父親とは滅多に話そうとしない。

（いつかは関係修復して欲しいものですねえ）

とクラリーシャは嘆息（たんそく）しつつ、それは今後の課題とし、ジャンの質問に答えることに。

「でもその前にジャンは、絹の服がどうしてあんなに高価かご存知ですか？」

「絹だって？」

その唐突な逆質問に面食らいつつも、ジャンはすぐに答えた。

「渡来品だからだろう？　そのくらいはさすがの僕も知ってるぞ」

「正解です！　絹の製法は遠く東の帝国で発見され、今でも秘密にされています。大陸南部にあるラーマン国だけは盗み出すことに成功したのですが、生産量でも生地（きじ）の質でもまだまだラーマン産より東方渡来の絹に軍配が上がります」

「てことは、そのラーマンを除いてこの大陸の誰も絹の作り方を知らないってこと？」

「ええ、そうです。出自（ルーツ）が東の帝国にでもなければ」

クラリーシャは肯定しつつ、一つ付け加えた。

イタズラめかした表情で。

それでジャンもピンと来たようだ。勉強は嫌いだが、地頭が悪いわけではない人だ。

「クララのお祖母さんは、その東の帝国の人じゃなかったっけ？」

「ご名答です！」

だからこれまた極秘ながら、ランセンの人間は絹の製法を知っているのである。

クラリーシャは声をひそめて説明を続けた。

「ここだけの話ですが――絹糸は、蚕っていう芋虫さんが吐く繭から作られんです」

「えええ……」

ジャンが疑わしげに顔をしかめる。

クラリーシャの言葉が信じられないというよりは、信じたくない――「虫が吐いた糸とか気持ち悪い」「そんなの着たくない」という生理的嫌悪感から来る感情だろう。

（わかりますよー？　世の中には知らない方が幸せだったたって話、いっぱいありますからね）

と、クラリーシャはクスクス笑う。

対照的にジャンはしかめ面のまま、一旦はこちらの話を最後まで聞く構えで、

「じゃあそのカイコ？　をいっぱい飼えば、タイタニアでも絹は作れるってこと？」

「ところがその養蚕がまたハードル高いのです。蚕さんは桑の葉しか食べないのです」

と（この時代の養蚕関係者が信じていた）秘密を、クラリーシャは明かした。

「なるほど、そこで桑（マール）がつながるわけか。特産品になり得るわけか」

ジャンの理解もまた早かった。


フェンス家の領地（いなか）を除き、大陸中部には桑が自生していない（あるいは自生地が知られていない）。

だから蚕を飼育しようにも、エサとなる生の桑の葉が手に入らない。

しかし桑が余って余って雑木林を為しているほどの男爵家領ならば、養蚕は可能という理屈である。

桑そのものというより、最高級生地である絹を特産品にしようという計画である。

成功の暁（あかつき）には、まさにお金をジャブジャブで稼ぐことができるだろう！


「あとは蚕さんの卵なり幼虫なりを、どこかから盗んで――もとい調達してくる必要があるんですが」

「辺境伯閣下に相談したところ、専門チームを発足して強力に推し進めてくれることになった」

舅殿がこれもほくほく顔で報せてくれた。

「エスパーダ辺境伯様も、実は芋虫さんの糸だったとか幻の葉しか食べないとか、わたくしの荒唐（こうとう）無稽（むけい）な話をよく信じてくださいましたねえ」

「ご英明な方だし、それにやっぱりランセン公爵令嬢の肩書がモノを言ったよ」

「なるほどです……。今回は大人しく、ご先祖様の威名に頼らせていただきます」

いずれはフェンス伯爵夫人、あるいはフェンス侯爵元夫人としての名前（ブランド）で、信用を勝ち取ることができるようにならなくては！

一方、ジャンがまたも腑に落ちない様子で、

「せっかく絹の製法はクララしか知らなかったのに、なんで辺境伯まで一枚噛むことになってるんだ？　男爵領だけで独占すればよかったんじゃないか？」

と、当然の疑問を呈した。

だからクラリーシャは舅殿と、左右から解説する。

「それがそうでもないんですよ。フェンス家だけで絹産業を独り占めするのは、二つの問題があるんです」

「一つは金の問題だな。この大事業をゼロから始める原資が、我が家を逆さに振っても出てこない。そこで辺境伯閣下に相談したら、無償提供してくださると確約してくれた」

もちろん、蚕の幼虫や卵を泥棒――もとい入手するのだって、大変な予算と人員が必要な話である。

「もう一つの問題は、フェンス家だけが大儲けしちゃうと当然、周囲のやっかみを買ってしまうからですね。有形無形の嫌がらせを受けること必至ですし」

「嫌がらせだけですめばいいが、我が家を罠にハメてお取り潰しにし、その後で領地ごと桑林を手に入れようと画策する者も出てくるかもしれない」

「最悪のケースは、フェンス家にとって大恩あるエスパーダ辺境伯様が面白くなかったり、敵視しちゃったりしたら、辛すぎますよね」

「だったら最初から辺境伯閣下も巻き込んで、庇護を受けた方がいい。当家が養蚕と製糸を受け負い、辺境伯家が製織と販売を担当し、儲けを山分けすることで話がついた」

「ぶっちゃけフェンス家は子分面しておいて、辺境伯様をなんもかんも矢面に立たせておくポジショニングこそ最強だと思うんですよ。損して得取れ戦略ですよ」

「ハハハ……」

クラリーシャの明け透けな物言いに、舅殿は苦笑いで聞こえなかったふりをした。

一方、ジャンも合点がいった様子で、

「弱小貴族が欲の皮を突っ張らせても、身を亡ぼすだけか……確かに」

「今だけですよ、今だけ！　いずれは公爵家に成り上がるんですから！」

「クララの欲の皮、分厚すぎだろ……。てか、この間は侯爵家って言ってなかったか？」

「どうせなら夢はでっかく、公爵家を目指しちゃってもいいかなって。些細な差ですし」

「些細かなあ……」

と今度はジャンが苦笑顔になった。

実際、タイタニアでは公爵家は特別な存在で、建国の立役者である六家（当然、ランセンを含む）以上に増やさない、新たに興さないし陞爵もさせないという暗黙の了解がある。

貴族文化に詳しくないジャンは事情を知らないなりに、体感で正鵠を射たわけだ。

「ははは、うちの嫁御はさすが良いことを言う！　そうだ、夢はでっかくだ！」

と同じく事情に精通していないだろう舅殿は、ジャンとは逆に呵々大笑していたが。

「目指せ、いつかは公爵家！」

この舅殿とはやっぱり気が合うなあとクラリーシャは喜びながら、改めて宣言し直した。

また自分で口走っておきながら、「案外、良いスローガンなのでは？」と思った。

ただ生まれの良さだけで手に入れた、ランセン公爵令嬢という立場には本当に執着がない。

しかし己の腕力でつかんだ公爵夫人の地位ならば、さぞや誇らしいものに違いない。

そういう話であらば、失ったものを取り返すことにドラマや生き甲斐を感じる。

今度から「目指せ、いつかは公爵家！」と言っていこうと決める。

「とはいえ千里の道も一歩からですよ～。まずはお義父様の代で子爵家陞爵を、現実路線にしていきましょう。そのためにも養蚕で大儲けしましょう」

「……まさかクララは爵位を金で買う気？」

「実際、子爵位くらいなら買えちゃいますからねえ」

クララは小声になって、そして悪っるい顔してささやいた。

「マジか」

「ワイロというと語弊がありますが、王家だって税収以外のお金欲しいんですよ。代わりになんのかんの理由つけて、陞爵させた例って枚挙にいとがまないんですよ。まして先のミッドランドとの戦争で、国費をだいぶ使ってますしね。今なら爵位大盤振る舞い、間違いなし！」

「……クララは本当にたくましいな」

「はいっ！」

呆れ返るジャンの前で、クラリーシャはイイ笑顔で力こぶを作ってみせた。

華奢(きやしや)な細腕に見えて、その気になればそこだけ「モリッ」と盛り上がるのだ。

美容と鍛錬の両方に余念がなかった祖母の、薫陶(くんとう)の賜物(たまもの)だった。

舅殿にも「うむ。極めて実戦的な、柔らかい筋肉だ」と感心される。


その筋肉を養うためにも、クラリーシャは朝からいっぱい食べる。

熊のような巨漢の舅殿はさらに五倍は食べる。

痩(や)せぎすのジャンも上背は人並みならないためか、決して小食な方ではない。

だから、朝食はゆっくり時間をかけて。その分、みんな早起きして。

「ところでクラリーシャ嬢。この間の話の続きだが、蚕というのは成虫しても蝶(ちよう)より蛾(が)に近い、不気味な虫だと？」

「はい、わたくしも図鑑でしか知らないのですが、絹の美しいイメージからすると、びっくりすると思います。なので養蚕業に携わってくださる皆さんには、事前によくよく言い含めておいた方がよろしいかと」

「やめろよ食事中に、そんな話」

豪快な性格の舅殿がデリカシーのない話題を振り、普通のご令嬢とは縁遠いクラリーシャが平気で答え、意外と繊細なジャンがげっそりしてツッコむ。その情けない顔がおかしくて、舅殿と一緒に噴き出してしまう。

——と。

これが今のクラリーシャの、「新しい家族」との団欒風景だ。

どこか実家の空気を思い出して懐かしく、また同じ事務的な話を食事中にするでもレナウン相手の時は温かみを覚えたことなんてついぞなかった。

今日みたいな朝がずっと続くなら、自分はきっと幸せになれると信じて疑わなかった。

だから、ずっと続いて欲しかった。


しかしクラリーシャの人生紙風船ぶりは、留まるところを知らなくて——

馬車に揺られ、登校する。

クラリーシャの隣にはカンナが座り、対面の座席にはジャンが。

「今日の放課後からわたくし、お招きいただいたお茶会に順次、顔を出して参りますので」

「行ってらっしゃい。僕は先に帰ってるよ」

「ジャンは本当に頑なですわねぇ。ここまで行くといっそ美徳、強靭な意志力と言わざるを得ませんわ」

「また君はすぐイイ方に解釈する……」

「ともあれ、承知いたしました。わたくしだけ出席し、フェンス家の将来性をせっせと売り込んで参ります。いつかジャンが今日（こんにち）のわたくしの内助の功に、感謝すること請け合いです」

「そんないつかが来るといいな」

ツーンとそっぽを向いて皮肉るジャン。

（強情な男の子って可愛（かわい）いですよね）

とクラリーシャは忍び笑い。

意志薄弱な人間より、よほどに好ましい。

一方、カンナにも話があって、

「お茶会はメイドさんを最低一人は帯同するのが作法（マナー）ですので、ぜひカンナさんにお願いいたしますね」

「もちろんっす！　クララ様お付きの侍女の役目っすから。ただ……そのお茶会の作法（まなー）も全然ウトくて、お嬢様に恥をかかせないか心配っす」

「それなら平気ですよ。何しろわたくしたちが招かれる方なのですから、カンナさんが別段何かしたりおしゃべりする必要はなくて、わたくしの傍（そば）で澄まし顔で『如何（いか）にもデキそうなクールメイドさん』然としておけばよいのです」

「りょっす！　それも毎日、練習するっす」

クラリーシャがお手本に「如何にもデキそうなクールメイドさん」顔をしてみせると、カンナが健気（けなげ）に真似（まね）しようとする。

習得には少し時間がかかりそうだ。

「加えてお茶会は他家のメイドさんの立ち居振る舞いを見て、勉強する良い機会ともいえます」

「確かに！　小姑みたいにチェックして真似するっす」

「うふふっ。カンナさんは頑張り屋さんですから、きっとすぐに本当にデキるメイドさんになれると思います。しかも器量良しですから、他家にヘッドハントされてしまうのではないかと、それが一番心配ですね」

「大丈夫っすよ、あーしは一生クララ様のお付きの侍女でやってくって決めてるんで」

「でもヨソさんならお給金が十倍になるかもしれませんよ？」

そう訊ねると、カンナは「金の問題じゃない」という顔をしつつも、

「クララ様ならウチをもっと立派にして、給料百倍にしてくれるって信じてるっす」

と、うれしいことを言ってくれる。

今朝の養蚕事業の話の時、カンナは厨房にいたから知らないはずなのに。

クラリーシャは期待されるとよけいに張り切り、遣り甲斐を覚える性分なので、

「ああっ、カンナさんてばなんて愛らしいのでしょう！　差し当たり十年以内に、伯爵家には成り上がってみせますからねっ」

「あーしもクラリーシャ様に相応しい、一端のメイドになってみせるっす！」

と、カンナも「女同士の誓いっす！」とばかりに親指を立てる。

それが庶民式の作法であることはクラリーシャも知識として持っていたので、真似して親指を立

てる。そして、初めての行為にドキドキしながらカンナと立てた指同士をくっつける。

そんな風にキャッキャウフフ盛り上がっている二人を、ジャンが生温い眼差しで眺める。


学校に到着した。

円形交差点に停車すると先にジャンが降り、クラリーシャをエスコートしてくれる。

ごく自然にというか、今やすっかり所作が板についている。

(こういうところが、ジャンの根の真面目さなんですよね)

男爵家は継がないと意地を張っても、自分で一度やると決めたことは守る。

あの痛いコルセットを使った、猫背の矯正もちゃんと続けている。

そんなジャンに手をとられ、馬車から降りた途端――

「おはようございます、ランセン公爵令嬢様」

――憎々しげな、しかし聞き覚えのある声が聞こえた。

エスパーダ辺境伯の末娘、コーデリアのものだった。

後ろには相変わらず取り巻きを、男女問わずぞろぞろと引き連れている。

しかしどうしたことか、その取り巻きの皆さんがクラリーシャに向けて、ヘラヘラと諂い笑いをしているではないか。

登校初日同様に敵対的態度を隠そうともしないのは、一人コーデリアだけ。

いや、そのコーデリアにしてもクラリーシャの呼び方が「ランセン公爵令嬢」に戻っていた。

（少しキツく脅しすぎたでしょうか？）

扇言葉を使った決闘の申し込みや、続く啖呵が彼女らのメンタルを折ってしまったか？

しかし、そう考えるには違和感を覚える。

こちらをにらむコーデリアの瞳には未だ負けん気の炎が見え隠れするし、逆に取り巻きたちからは過剰な畏れ——まるで雲上人でも見るような眼差しを向けられている。彼らだとて仮にも貴族の令息令嬢なのに。


いったい何が、コーデリアたちの態度を急変させてしまったのか？

答えはすぐに判明した。

「行きますわよ」

とコーデリアが不機嫌に踵を返し、取り巻きたちをぞろぞろと引き連れていった。

その入れ替わりに、一人の少年がクラリーシャの前に現れたのだ。

登校中の学生たちの目を惹く、存在感抜群の貴公子だ。

もし「氷の天使」なるものが実在すれば、こんな感じではなかろうか——そう彷彿させる愛らしい容姿と、冷酷な雰囲気を併せ持っている。

瞳と髪の色はクラリーシャと同じ、光沢あふれる黒。

そして、まだ声変わりをすませていない高いトーンで、こう言った。

「お迎えに上がりました、姉上」

「どうしてここにカミーユが!?」


お行儀も忘れて思わずあんぐりとなるクラリーシャ。

そう、この氷の天使こそ自分と二つ年下の弟・カミーユであった。

「もちろん、父上のご命令でですよ」

率直に答えつつ、ゆっくりと傍までやってくる。

カミーユはランセンの男にしては背が高くなく、目線はクラリーシャと同じくらい。

オフシーズン中は領地に戻っていたため、会うのは四か月ぶりくらいか。

クラリーシャを見る漆黒の瞳に、懐かしむような温かい色が浮かぶ。

しかし一方、

「く、クララの知り合い……?」

「おはざーっす！　お嬢様のお付きの侍女でカンナでーっす」

と初対面の相手に緊張を隠せないジャンと、馬車から降りてきたカンナが挨拶(あいさつ)をしても、カミーユは完全に無視した。

まるで二人が存在しないかのように、チラとも目を向けなかった。

（この子は昔からこういうとこがあるんですよねえ……）

いくら口を酸(す)っぱくして躾(しつ)けても、一向に直そうとしない。

「もしかしたらお父様なりお兄様なりが、誰か派遣してくるかな～とは思っていましたが、まさかあなたとはさすがに予想してなかったですよ」

父は王都で社交、兄は領地で経営と、公爵家にとって欠かせないお役目があるのに比べれば、十四歳のカミーユは確かにまだしも自由の利(き)く身だ。

それでも王都から馬車で往復一月半もかかるこんな辺境まで来るほど、ランセンの人間は暇ではないだろうに。

「家臣たちに姉上を連れ帰るよう命じたところで結局、みな姉上のことが大好きですからね。木乃伊(ミイラ)取りが木乃伊(ミイラ)になるのが目に見えています。その点、私は姉上のことを敬愛はしていても、冷静に見ることができますから」

当然の作戦です、とカミーユは肩を竦(すく)める。

「あなたがフェンス家の町屋敷(タウンハウス)を訪ねてくるのではなく、わざわざ学校(スクール)で待ち伏せたのも作戦というわけですか」

「ええ、姉上お一人でも相手するのは骨が折れるのに、わざわざ敵の本拠地(ホーム)へ飛び込んでいくが如(ごと)き蛮行はできませんよ」

「むむ我が弟ながらなんて小癪(こしやく)な……」

「『目的を達成するための手段は選ぶな』『常在戦場の精神を持て』『卑怯(ひきよう)とか負け犬の遠吠え』――全てお祖母様(ばあさま)と姉上の薫陶ですよ？」

「ああっ、反論できませんっ」

人の言うことを素直に聞く、なんてカワイイ弟だろうか！（皮肉）

「そういうわけです、姉上。馬を用意しておりますので参りましょう」

「わたくしは帰りませんよ！　もうヒトヅマですから！　ジャンと末永く暮らすんですから！」

クラリーシャはまだ結婚もしていないのに、先走ったことを言う。

「その結婚、ランセンは認めてないです。父上も母上も。もちろん、兄上も私も」

対してカミーユは冷ややかに否定した。

「わたくしとジャンの結婚は、畏くも国王陛下がお認めになったものですけどー？　お父様にも手紙でお伝えしておいたはずですけどー？」

「しかしランセンは認めてないです」

カミーユは冷淡に、しかし神をも畏れぬ態度で同じ言葉を言ってのけた。

（ぐぬぬ……この子もさすがはランセンの男ですねっ）

王に対する不敬発言だろうが、平然としてみせる。

登校中の学生の目も耳もあるというのに、まったく肝が据わっている。

「それでもわたくしが嫌と言い張ったら、どうするのですか？」

「力づくでも連れ帰れと、父上に言い含められております」

「ほほーう」

クラリーシャとカミーユ――姉弟で、にわかに視線で火花を散らす。

（わたくしもランセンの女ですからね！）

一歩も引かない。

弟に胆力（ハラ）で負けて堪るか胆力（ハラ）で。


ところが先に根負けしたのはクラリーシャでもカミーユでもなく――ジャンであった。

初対面のカミーユに気後れしていたはずの彼が、姉弟で争うものじゃないとばかりに、間に割って入る。

「ちょ、ちょっと待ってくれ」

度胸があるんだかないんだか面白いというか。

お人好しもここまでくれば男気というか。

「カミーユっていったか？　僕にも話を聞かせてくれよ。ランセン公はクララを連れ帰ってどうするんだ？」

「…………」

「僕は父さんが武功を盾（たて）に、クララに結婚を強要したのは間違っていると思っている。だから事情次第じゃ、僕もあんたに協力する」

「なんだ、物わかりのいい方じゃないですか」

今までジャンをガン無視していたカミーユが、現金なくらい態度を軟化させて微笑んだ。

「やっぱり新しい結婚相手を見繕うのか？　僕もずっとクララは相応しい相手と結婚すべきだと考えてたんだ。僕じゃ釣り合わないと思ってたんだ」

一方、ここぞとばかりに自分の考えを訴えるジャン。

聞いたカンナが「オイコラ若様」とふくらはぎを蹴っ飛ばしても、意にも解さない。

（内心そんなこと考えてたんですね、ジャンー！）

道理でいつまでも婚約を認めてくれないはずだと、クラリーシャは納得するやらショックやらである。

「ジャンはどっちの味方なんですか⁉」

「もちろん、クララの味方だ。嘘じゃない」

だからこそ他の男に嫁いで幸せになれとでも言うつもりだろう。

ジャンが思い遣り深い性格なのは、わかっていたけれども！

「わたくしは『君のために別れる』と言われるより、『僕のために残ってくれ』と言われた方がうれしいんですけど！」

と、拗ねる気持ちがムクムクともたげてしまうクラリーシャ。

誰かに頼られたいと思うのと同根で、どうにも求められたい、そして応えたい性分なのだ、自分は。

一方、ジャンは「ぐっ……」と怯みつつも、すぐに表情を消す。

（あっこれ心を鬼にした顔）

とクラリーシャが見当つけたのが正解で、ジャンは迫真の声音で言った。

「君は心根まで素晴らしい、幸せになるべき女性だ。だからダメ男なんかと結婚するな」

（大真面目に笑わせないで欲しいんですが……）

こんなに真剣極まる調子で、自己ダメ出しする人がいるだろうか？

おかしいやら笑ってはいけないやらで困る。

そこに——

「痴話喧嘩で盛り上がっているところ恐縮ですが」

とカミーユが面倒臭そうに口を挟んだ。

「お二人とも誤解されているようですので、これ以上口論が迷走しないうちに、報告させてください。父上は姉上のために、新たな縁談探しなどしておりません」

「ええっ。まさか一生実家で暮らせとか、尼寺に行けとかって話ですか!?」

「ひでえ……」

クラリーシャは目を瞠り、カンナまで思わず口を挟む。


父は決して厳格なだけの人ではないと思っていたのだが……。

貴族文化に照らし合わせれば、そして言葉を選ばずに言えば——王太子に婚約破棄され、田舎男爵の嫡子と新たに婚約したクラリーシャが、仮に実家に出戻ったとしても花嫁としての価値が下がっている。

だから父も、今さら良縁を見繕うのは難しいという判断だろうか？

クラリーシャはそう素早く計算した。

しかし、果たして真相は違った。

カミーユが冷然と告げる。

「レナウン殿下と姉上を復縁させる――それが父上のご判断です」

（ええー……）

およそ考え得る中で最悪の判断に、クラリーシャは渋面にさせられた。

それならまだ尼寺に行けと言われた方が有情だった。

「より正確には、婚約破棄などという殿下の血の迷いは、なかったことにすると父上が」

「それに殿下や国王陛下は納得しておられるのですか？」

「姉上がお戻りになり次第、話し合いを進めると、これも父上が。相手が誰であろうと有無は言わせない、十六年前の婚約は必ず守らせるとの仰せです」

「力強いお言葉ですね」

クラリーシャは悲嘆混じりに皮肉った。

ランセン側に正義がある以上、あの父ならば必ず成し遂げるに違いない。

「ちょっと待ってくれ！」

一方、ジャンもまた力強い声音と態度で、カミーユに食ってかかった。

弟に「当家の問題に口を挟まないで欲しいのですが」と冷ややかにあしらわれても、全く尻込みすることなく、

「レナウン王子というのは、クララの素晴らしさも理解できなかった奴だろう!?」

「ええ。姉上から解放されるや否や羽目を外し、女漁りを始めたクソヤローです」

「そんな奴とクララを結婚させるってのか!? ランセン公は自分の娘が可愛くないのか!?」

「可愛い、可愛くないの問題ではないんですよ。この縁談は当家にとっての政略の問題――いいえ、もはや面子の問題なのです」

カミーユの声音もまた徐々に熱を帯びていった。

「貴族とは舐められたら負けな稼業」

――と、眦を決して断じた。

「わかりますか？　あの王太子に婚約破棄されて、ハイソウデスカと引き下がるだなんて、ランセンの沽券に係わるんですよ。一度結んだ約束は、必ず守らなくてはならず、守らせなくてはならない――貴族の名誉とはそういうものですよ」

一言一言、ジャンに叩きつけるように説明するカミーユ。

それは批難口調以外の何ものでもなかった。

実際、弟は責めているのだ。

ジャンを。フェンス男爵家を。

「わかりますか？　貴殿のお父上が常識外れの要求で姉上を攫わなければ、当家がこうも煩わされることも、私が辺境くんだりまで来る羽目になることもなかったんですよ」

その苛烈な語調に、当事者とは言えないカンナまで首を竦める。

ところが――

「僕も父さんを擁護するつもりはない」

ジャンは一歩も引かなかった。

「だけど、あんたらがクララにひどい結婚をさせようとしていることに変わりはないだろう？　王子の本性は最初からクズだったし、父さんが起こした騒動でそれが判明したってだけで、婚約破棄と違ってそれをなかったことにはあんたらもできない。僕にとってはそれが――それだけが問題だって言ってんだよ！」

敢然と言ってのけた。

抜き身の刃の如きカミーユの批難に、プレッシャーに、怯むことなく立ち向かった。

クラリーシャはそっと感激する。

（もうっ……ジャンってば本当に……っ）

自分のこととなると情けないほど弱気なのに。

人のこととなると、父親譲りの芯の強さをこれほどまでに発揮できる。

相手が誰であろうと、間違っていることを間違っていると言えるのは——強さだ。

「これ以上は平行線ですね」

カミーユが強引に、だが冷淡に話を打ち切った。

声音からもう熱が消え去っていた。

「まあ、私も今日来て今すぐ帰りましょうというのは、急な話でしたね。姉上もお心を整理する時間が必要でしょうし、また出直して参ります。その時こそ、力づくでも帰っていただくことになりますが」

「ま、待てよっ。僕の話はまだついてないぞっ」

ジャンがなお食い下がったが、カミーユはもう完全に無視していた。

クラリーシャ以外の人間など存在していないが如き態度に、また戻っていた。

「滞在中は、エスパーダ辺境伯の城に身を寄せておりますので。もし決断つきましたら、ぜひ姉上の方から私を訪ねてください」

そう言い残して、カミーユはさっさと立ち去った。

(なるほど、先に辺境伯様に話を通しておきましたか)

その息女であるコーデリアの態度がおかしかったのも取り巻きたちが諂ってきたのも、カミーユからクラリーシャを将来の国母の道へ返り咲かせる旨を、既に聞いていたからなのだろう。

大貴族同士、立ち寄れば挨拶の一つもするのが作法だし、ともすれば一騒動になりかねないため先に詫びておくのが仁義というもの。

また辺境伯はフェンス男爵の肩を持つ可能性もあり、それはランセンを敵に回す賢くない選択だと、釘を刺しておく意図もあっただろう。

(我が弟ながら小憎らしい、周到な根回しですねえ)

自分やランセンの薫陶が本当に行き届いていて、普段なら褒めちぎるところだが今は厄介だ。

「さて困りましたねえ」

クラリーシャとしても結構な誤算だった。

「お父様はランセンの名誉を守るとしても、王家に復縁を迫るのではなくて、婚約破棄で恥をかかせた謝罪と賠償を求める方向に動くと考えていたんです」

レナウンの愚かさが判明してなお娘をその伴侶とするのは、人の親としても公爵家の損得勘定でも、避けたいに違いないと。

フェンス家に嫁ぐことになったと**手紙一通で**断りを入れた時も、それとなく父の思考を誘導しておいたのに。

「どうにもできないんすか、クララお嬢様でもっ」

と、縋るような目になるカンナ。

「まあ一応、考えがなくはないです」

クラリーシャだとてもちろん最悪の事態の想定は、ちゃんとしておいた。

「さすがっす！　で、どうすんすか⁉」

「最悪、カミーユが諦めて帰るまで雲隠れしようかと」

幸い冬が明けたところだ、山の中だろうと森の中だろうと何か月でも暮らしていける、自信とサヴァイバル技術がクラリーシャにはある。

「それはどうなんすかー……」

「できれば最後の手段にしたいですよねえ」

まさかつき合えとは言えないので、その間ずっと皆に会えないのは寂しい。

第一、文明的な暮らしがしたい！　いくら自分がワイルド気質といえども。

「まあ珍しいことに、カミーユが時間をくれるとヌルい――もとい優しいことを言ってくれたことですし、せっかくなのでもっとマシな方法がないかと考えてみますね」

「あーしも知恵絞るっす……」

泣かせることを言ってくれるカンナに、クラリーシャは抱きしめて頬ずりしたくなった。


一方、ジャンである。

「…………………」

カミーユの姿が完全に見えなくなった後も去った方角をじっと見つめ、無言で立ち尽くしている。

顔色はもう蒼白だ。

「あ、あのー……今も申しました通り、わたくしはお父様に逆らってでも戻るつもりはございませんし、もし……もしもですよ？　力及ばずあの毒夫――もとい殿下と結婚させられる羽目になったとしても、ジャンや男爵家の皆様にはご迷惑をかけませんから……というかアノソノとにかく元気出してください！」

精神力まで鋼でできているような自分と違い、繊細なジャンの落ち込みようが見ていられず――渦中の只中にいるのはクラリーシャのはずなのに――全力で励まそうとする。

「…………………」

おかげでようやくジャンもこちらに向いてくれたが、その目は今にも泣き出しそうだ。

「と、とにかく今から学校ですし、本日もよく学び、よく遊び、学園生活を謳歌いたしましょう！」

「……………」

クラリーシャはお手本を示すようにガッツポーズをしてみせるが、ジャンは反応してくれない。

途方に暮れた様子のまま。

だいぶ重傷だった。

その日、ジャンは授業がまるで手に着かなかった。
普段だって真面目に聞いていないのだが、今日は全く頭に入ってこない。
帰宅後も夕食がろくに喉を通らなかったし、夜になっても寝付けない。
ベッドで何度も寝返りを打ちながら、無為に時間がすぎていく。

ずっとクラリーシャのことを考えていた。

まさかこんな事態になるとは、思ってもみなかった。

ジャンのこのごろの懸念はずっと、クラリーシャ（と父）に自分との婚約を翻意させ、他のもっと相応しい男を探すよう説得することだったのに。

よもやこの自分とするよりも不幸な縁談が出てきて、しかもクラリーシャの親元が彼女に強要してくるだなんて、完全に不意討ちだった。

（クララが……あんないい奴がクズ王子と結婚させられるなんて、そんな話があるかよ。これがもしラオペだったら、とんでもないクソ展開だよ……！）

クラリーシャの未来を想うと、我が事のように遣る瀬無くて眠れない。

でもそれ以上に、悔しくて眠れない。

（一番クソなのは……僕だっ。彼女を守ってやることもできない婚約者だ……っ）

自分がどこに出ても恥ずかしくない貴公子だったら、「そんな奴にはクララを渡せない」と言っても説得力があっただろう。

あるいはランセン公爵家が見込めるほどの将来性が自分にあったら、彼らだとてわざわざクズ王子に娘をやるよりはと、考え直してくれたかもしれない。

それこそクラリーシャが言ったように、王家には謝罪と賠償を請求することで面子を守る方向に転換したかもしれない。

でも現実はそうじゃない。

ジャンはあまりに無力で――こうしてベッドで悶々としていることしかできない。

剣術も学問も、社交も作法も、貴族の嫡男としての義務と努力を全て放棄してきたツケが、こんな形で重くのしかかってくる。

と――そこにノックの音が聞こえた。

こんな夜更けに訪ねてくるとは、誰だろうか？

控えめな叩き方だ。他の誰にも聞かれたくないとばかりの。

それでいてジャンが応じるまで帰る気はないのか、執拗に続く。

仕方なくベッドを抜け出し、そっとドアを開ける。

外に立っていたのは――カンナだった。

一瞬、誰だかわからなかった。月明りしかない暗がりなのと、彼女がメイド服ではなかったからだ。

普通の町民のような、それも男の子が着るような動きやすい格好をしている。

「あんたに頼みがあってきた」

と口調までいつもと違った。

カンナ独特の、くだけすぎた敬語と愛敬のあるしゃべり方ではなく、どこか殺伐としたものを感じさせる。

（カンナが初めてうちに来た時を思い出すな……）

およそ二年前、まるで捨て犬でもひろってくるかのように、父がどこかから連れてきた。

底抜けに明るい現在のカンナからは、想像もできないほど別人のようだった。

乱暴な言葉遣いをし、ずっと思い詰めたような表情をし、誰彼構わずにらみつけていた。

ベテランの使用人たちが、「貧民街育ちじゃないか？」「きっと身寄りがないのよ」「優しくしてあげなくちゃ」と噂し合っていたのを覚えている。


そして今もカンナは、あのころを彷彿させる陰鬱な雰囲気を漂わせていた。

「……頼みって？」

「辞表の書き方を教えてくれ。代筆でもいい」

予想だにしない台詞に、ジャンは目を瞠る。

なるほど、誰にも聞かれたくない話題だ。とにかく部屋の中へ招き入れる。

カンナをベッドに座らせ、自分は机の椅子を引っ張って腰かける。

「なんで急に？」

「今夜、辺境伯の城に忍び込む」

「ハァ⁉　おまえ、なに考えてんだ⁉」

次から次へと驚くようなことばかり言うカンナに、ジャンは正気を疑う。

「……どうやったらお嬢を守れるか、あーしも必死に考えたんだよ」

カンナはうつむき、暗い表情で訥々と語った。

「あのカミーユってオンゾーシの寝込みを襲って、ボコボコにして、もうお嬢のことは諦めますって泣いて謝らせてやろうって……」

「待て待て待て、メチャクチャだっ」

とても実現可能とは思えない。

エスパーダ辺境伯家の居城は広く、警備の兵士だってどれだけいることか。

仮に幸運に幸運が重なって、誰にも見つからずにカミーユの寝室にたどり着けたとして、あの可愛げの一欠片もない弟を暴力なんかで従わせることができるのだろうか？

そもそもの話、勝てるのか？

カンナはフェンス家に来るまで、かなり荒んだ生き方をしてきたようだ。

それこそスラム育ちなら、盗みや喧嘩なんて日常茶飯事だっただろう。

しかしだからといって、軍人や密偵のようにプロとしての訓練を受けたわけではない。

対してカミーユはどうか？

クラリーシャを見る限り、ランセン公爵家の教育方針は異常だ。驚異的だ。

女のクラリーシャに生存術を徹底させるくらいなのだから、男のカミーユなど武人として相当に鍛え上げられているだろうこと、想像に難くない。

たとえ夜襲に成功しても、カンナは返り討ちにされてしまうだろう。

「……あーしだってわかってるよ」

ジャンがいちいち指摘するまでもなく、カンナは声を震わせて言った。

「でも仕方ねえだろ？　今日一日無い知恵絞って、それしか思いつかなかったんだ……。学や教養どころか、読み書きさえできねえ女なんだよ、あーしは……。貴族文化や常識だって一個も知らねえから、お嬢の実家がなに考えてんだか、それすらろくに理解できてねえ。今日ほど自分（テメエ）の無力さが悔しかったことはねえ……」

「っ……」

クラリーシャを助けることもできない己が悔しい――カンナが自分と同じもどかしさを味わっていたことに、ジャンは胸が締め付けられるような共感を覚える。

だから、優しく諭（さと）す。

「考え直せよ、カンナ。公爵家の御曹司を襲って、タダですむわけないだろ？　辞表を用意しようってんだから、おまえも理解してるんだろうけどさ。クララのことが大事だってのはわかるけど、おまえ自身のことも大事にしてやらなきゃ、意味ないだろ？」

「ンなこたあ百も承知なんだよ！　あーしに何かあったらお嬢が悲しむってな！」

「それがわかってるなら……」

「わかっててもやるしかねえんだよ！　お嬢を守りたいんだよ!!」

怒鳴り散らしたカンナは、月明りでもわかるほど、ボロボロに泣いていた。

それを見て、ジャンは四年前の自分を思い出す。

母を失い、父がおかしくなり、それでも親の期待に応えようと、剣の稽古や勉学にガムシャラになっていたころのことを。

どれだけ努力しても、まるで実を結ばなかったことを。

気持ちばかりが先走り、空回るのは、本当に——辛い。


「クララのことが大切なんだな、カンナは」

「……ったりめえだろ。お嬢、舐めてんのか？」

カンナが噛みつくようににらんできた。

クラリーシャと出会ってまだ間もないのに、どうしてそこまで想えるのか——などとはジャンも考えない。

クラリーシャの素晴らしさ、そして愛らしさは、ともに数日もすごせば充分以上にわかることだからだ。

誰だって彼女のことが好きになるだろうからだ。

（むしろクララを拒絶した、王子のことが理解できない）

さすが雲の上のお方は、悪い意味で人間と頭の作りが違うんじゃないかとすらジャンは思う。

対してカンナは切々と語った。

「お嬢はよ、あーしみたいな野良犬上がりのパチモンメイドをバカにもせず、ダチになりたいとまで言ってくれたんだ。できねえことはできるようになりゃいいって、真剣に教えてくれるんだ。あんただってそうだろ？　貴族失格のモヤシ野郎を、お嬢は一回でも嘲ったか？」

「クララはそんな奴じゃない……。そこらの鼻持ちならない貴族どもとは違う、心から尊敬できる奴だ……」

ジャンの趣味を知っても決して笑わなかったクラリーシャのことを、きっと一生忘れない。

だから、

「クララは僕が守る」

彼女のことを理解できないような奴なんかに、絶対に渡せない。


「ハァ、あんたみたいなモヤシがどうやって⁉　いいからあーしに任せとけって！」

「実際、カンナは勘所がいいと思ったよ。クララの実家が何を考えているかわからないって嘆いてただろ？　逆に言えばランセン公爵家のことがわかれば、対策の立てようもあるのにって話だろ？」

「そりゃそうだけど……あんたにゃわかんのかよ？」

「正直、僕も貴族文化や常識、価値観には疎い。今まで知ろうとしてなかったツケだ」

「じゃあ意味ないじゃねえか！」

「でも、一個だけ良く知ってるんだ」

なぜなら、このところ耳タコ（それはもう！）で聞かされたからだ。

カンナもピンと来ただろう。

二人で同時に口にした。


「貴族は舐められたら負けな稼業」


クラリーシャが繰り返し言っていた。

カミーユもまた口にした。

それがランセン公爵家の考え方（ポリシー）ならば、対策の立てようはある。

翌早朝。

ジャンとカンナはクラリーシャを置いて、一足先に家を出た。

学校（スクール）に向かい、まだ朝靄（あさもや）の漂う校庭の円形交差点（ロータリー）で人を待った。

冬に戻ったかのような、風が身を切る寒い日だった。

でも今日のジャンは白絹の手袋を着けていて、まだしも凌（しの）げる。

一方、カンナは異様に目立つ装いをしていた。

メイド服こそ普段通りだが、大きな軍旗を掲げているのだ。

旗にはフェンス男爵家の家紋である、交差剣に桑の葉が勇ましく描かれていた。

こんな時間でも登校する学生たちは結構いて、「いったい何事か」と目を惹いた。

中には立ち止まって、様子を窺う学生もいた。

皆の注目を集めるためにこの派手な旗を屋敷から持ち出したので、狙いは成功だった。


そして、待ち人来る。

高らかな馬蹄の音が響き、朝靄の中にシルエットが浮かび上がる。

馬車で登校するのではなく、騎馬にて馳せる少年の姿だ。

城まで人を遣って呼び出した、カミーユその人だ。

「この私を呼びつけるなんて、いったい何様のつもりですか、ジャン・フェンス?」

騎馬を棹立ちにさせて止めると、ランセン公爵令息は居丈高に訊いた。

「だからクララの話だと、言づけたはずだろう?」

「ですからそれが何かと訊いているんです。内容次第では許しませんよ?」

カミーユは冷ややかに脅迫しながら、鞍を降りてジャンたちの方へやってくる。

ますます目立つ格好となって、登校中の学生たちが皆、完全に足を止める。

その衆人環視の状況下で――ジャンはカミーユに宣告した。

皆にもよく聞こえるように声を張り上げ、右の手袋を外す。

「クララは返さない」

外した手袋を、カミーユの胸に叩きつける。

思いきり背筋を伸ばし、威風堂々と。

いつぞやジャンの名誉を守るため、コーデリアの足元へと扇子を放ったクラリーシャの姿の、見様見真似で。

「決闘だ、カミーユ・ランセン。僕が勝ったら、クララを連れ戻すのは諦めてくれ」

緊張で真夏の如く汗をかきながら、でも悟らせないように目に力を込める。

果たしてカミーユは、いつもの冷淡な態度で応えた。

「その決闘を受けて私に——いえ、当家になんのメリットがありますか?」

ジャンはすかさず口を挟んだ。

「逃げるのか?」

「はぁ?」

「僕はこの学校でも最下層の落ちこぼれだ。周りに聞いて確かめてみろ」

「自分がどれだけ情けないことを口走っているか、理解してますか?」

「その情けない僕に決闘を挑まれて、あんたは逃げるのか? 王国開闢(かいびゃく)以来、東方を守護した武門の——ランセンの男が? クララなら絶対に応じると思うけどな。だって『貴族は舐められたら負けな稼業』なんだろう? 僕に舐められたまんま、あんたは戦わずに負けるんだ?」

「…………ほざけ」

押し殺した声で、カミーユが言った。

それでいて確かな熱を孕(はら)んだ声音だった。

感情的になっている証拠だった。

昨日もそういう瞬間があった。

この少年は冷血極まる性格に見えてその実、激しやすい。

「日時は三週間後の四月末日。場所はこの学校の競技場。ルールは特に細かく決めず、降参するか戦闘不能になったら負けってことでどうだ？」

「……いいでしょう。当家になんのメリットもないその決闘、受けて立って差し上げます。ただし、覚悟してくださいよ？」

カミーユは落ちた真っ白な手袋を踏みつけ、踏みにじり、告げた。

「五体満足で帰れると思うな！」

気の弱い者なら、それだけで腰を抜かしそうな迫力で怒鳴りつけた。


肩を怒らせたカミーユが、再び馬上の人となって帰っていく。

その姿が朝靄の中に完全に消えるのを待ち――ジャンはその場にへなへなとくずおれた。

「こ、恐かった……」

今さらながらに足が震えてきて、もう立っていられなかった。

周囲では学生(やじうま)たちが騒がしく、

「オイ決闘だってよ！」

「これは皆様にも知らせて差し上げないと」

「私は絶対、見に行くぞ！」

「ああ、高名なランセンの剣をお目にかかれるチャンスなんて、こんな田舎じゃそうはない」

「そもそもわたくし、生決闘を見るのが初めてでしてよ？」

――などと、人の気も知らず大盛り上がりだ。

まあ、カミーユが逃げたら恥となる状況を作り出すため、人の目を集めたのはジャンだから文句はないが。

「悪い、カンナ。ちょっとしばらくこのままで……」

「でもよく堪（こら）えたっすよー。いい啖呵だったし、オンゾーシの前で見栄（みえ）張れてたっすよー」

カンナが手を伸ばし、ジャンの頭を幼児にするみたいに撫（な）でてくる。

一緒にカミーユに立ち向かってくれた彼女の言葉だから、素直にうれしい。

「おまえが後ろで見てるって思ったら、格好悪いことはできないからな」

今この瞬間とっても格好悪いんでは？　という事実は棚上げして強がるジャン。

カンナも何も気づかないふりをしてくれて、

「若様もちったあ貴族らしくなってきたっすねー」

「そうか？」

「だって、あーしに舐められたまんまじゃ負けって思って、それで痩せ我慢したんすよね？」

カンナがキシシといたずらっぽく笑う。

ジャンも納得して、軽口を返した。

「ああ。それが貴族ってヤクザな稼業だもんな」

第五章　真の武人は誇りの何たるかを知るもの

「それでカミーユに決闘を申し込んだというわけですか……」

クラリーシャに呆（あき）れ口調でそう言われた。

昼休憩のことである。

学校中が既に決闘騒ぎの話題で持ちきりで、クラリーシャも早々に知ることとなっていた。

カミーユが承諾する前に知られたら、きっと止められると思ったのでジャンも黙っていたが、成立した以上は隠しておく必要もない。

それで事情をあらいざらい説明したのだ。

というか、むしろ聞かれなくても説明する必要があったのだ。


「クララ。君の弟に勝てるように鍛えてくれ」


ジャンは臆面もなくそう頼み込んだ。

格好つけるべき時とそうでない時がわからなくなるほど、プライドを拗（こじ）らせてはいないのだ。

「言うと思いました」

「僕はとっくに剣の稽古をやめた、実質素人だ。このままじゃ絶対に勝てない」

「でしょうねえ」

ジャンを見るクラリーシャの眼差しが、いつになく厳しい。

ちょっと怒っている証拠だ。

「でしたらジャンが危険な目に遭わなくとも、わたくしが決闘した方がもう早くないですか？」

「それはダメだ！」

ジャンは即座に否定した。

その語調の力強さに、クラリーシャが目をしばたたかせたほどだ。

「君が戦ったんじゃ意味がない」

カミーユにとって、姉の挑戦を辞退するのは別に恥にならないから決闘が成立しないとか、そんな理屈の話ではない。

（僕はクララをクズ王子に嫁がせるのが嫌で、ランセン家に喧嘩を売っている。でもその僕自身がクズのままじゃ、引き留めるのに何も説得力がない）

だから最低限、この決闘はジャン自身が体を張らなければならないのだ。

と――そんなことをいちいち、クラリーシャに説明したくはない。

でもクラリーシャは、何も言わずとも酌んでくれた。

「わかりました、ジャン！」

黒真珠もかくやの瞳をさらに輝かせ、興奮のていで叫んだ。

「その意気や良し！　今回はわたくし、ありがたく守っていただくことにします！　正直、自分のことは全部自分でしなくては気が済まない気質のわたくしですが――考えてみれば、助け合うのが夫婦というものですよね！　殿下の時はそれがわかっていませんでしたっ。ジャンが今それを教えてくれましたっ。わたくしは猛烈に感動しております！」

「は……はは……実際、守り切れるかは、まだ怪しいところだけどな」

ジャンが照れ隠しで言うと、クラリーシャは「何を仰いますか」とブンブンかぶりを振り、

「元気、前向き、反撃――わたくしが人生で大切だと思う、三つの『き』です！」

「最後の一個がクララらしいよね」

「ちなみにお祖母様は『元気より殺気の方がよくないか』と仰ったのですが、さすがに好戦的すぎてわたくしもドン引きでした」

「どう考えても似た者同士だよね」

ドン引きになってるのはジャンの方だった。

ともあれ、

「三週間ででき得る限り強くなりたい。虫のいいことを言っているのはわかってる。でもランセンなら――いや、君なら知っているんじゃないか？」

ジャンが四年前に剣の稽古を投げ出したのは、ろくに強くなれなかったからだ。

それはもちろんジャンに才能がないのもあるだろうが、教える父にも指導者としての能力が欠如していた。天賦の武才を持つ父は、できない息子の弱い理由が理解できなかった。

だったら優れた教師を得れば、ジャンだって強くなれる可能性は残っている。

そして、クラリーシャはただ才能のみで完璧淑女になったのではなく、努力の鬼であることをジャンはもう知っている。

その「鬼」がグイグイ訊いてきた。

「でき得る限りって、ＭＡＸでき得る限りですね⁉」

「う、うん」

嫌な予感を覚えつつも、背に腹は代えられずジャンはうなずいた。

「たとえ血反吐を吐いてもＭＡＸでき得る限りですね⁉」

「もちろん！」

たった三週間で強くなれるならと、この女性を守ることができるならと、ジャンは自棄になってうなずいた。

◇◆◇◆◇

そうして地獄のシゴキが始まった。

帰宅後、町屋敷の裏庭のことである。

「せいっ……やあああああああああっ！」

と、裂帛の気勢を上げるのはクラリーシャ。

訓練用の木剣を両手で構え、大上段から打ちかかってくる。

その姿はまさに勇ましき戦士のそれ。

ジャンから見れば小柄で華奢なはずの彼女が、遥かに巨きく雄々しく見える。

そしてその太刀筋は、身の毛もよだつほどに美しい！

「ぎゃあああっ」

ジャンは全く反応ができず、木剣を棒立ちで構えたまま、右の肩口を打擲される。

それが痛いなんてもんじゃない。堪えれず涙がボロボロこぼれる。

軽量とはいえ胸甲を着けているのに、鎧の上から打たれてこの激痛。

骨が折れてないのが不思議なほど。

「さらに隙アリですわよおおおおおっ！」

クラリーシャはお構いなしに、畳みかけるように打突を放ってくる。

ジャンはそれをどうにか――というか完全にマグレで――木剣で受け止める。

瞬間、刀身から伝わってきた凄まじい衝撃が、剣を保持する両手の手首で爆発する。

「剣の柄をにぎる時は、雑巾を絞るようにギュッと！　でないと手首ごと刀身を後ろに弾かれて最悪、骨折いたしますから！」

「わかってるよ！　やってるつもりだよ！」

ジャンは痛みを誤魔化すため、完全にヤケッパチで怒鳴り返す。

「短期間で強くなりたいなら、打合稽古に勝るものはございません！」

と、最初にクラリーシャが言い出した時、ジャンは逡巡を覚えた。

「ちょっと待った！　クララと戦うのか⁉　女の子の君と⁉」

手際良く二本の木剣を用意し、さらにジャンでさえ把握していない物置の古い胸甲を引っ張り出してくるクラリーシャを、止めようとした。

それが完全に誤りだった。

まだまだ彼女を見くびっていた。

「遠慮はご無用！　わたくし、そこらの騎士様より強いですから！　武門の娘ですから！」

と豪語するだけあって、クラリーシャの剣捌きは嵐のように激しく、凄まじかった。

ジャンはずぅーっと防戦一方に追い込まれ、反撃する余裕もない。

亀のように守りに徹しているのに、それでも彼女の木剣に打たれまくる。

女の子を傷つける心配をするより先に、自分の身を案じるべきだった。どう考えても。

「さあさあ、ジャン！　この程度を凌げなかったら、カミーユに勝つだなんて夢のまた夢ですわよ！」

「既にここが悪夢の中なんだが⁉」

「カミーユとてランセンの男です！　まだ十四ですが、既に一廉の武人！　でもお父様やお兄様のような、付け入る隙もないほど強い超一流の域には達してません！　ジャンはその隙に付け入ればいいわけですから勝機はあります！　頑張って！」

クラリーシャは時に叱咤し、時に激励し、ジャンの闘志を鼓舞してくれた。

そうしながら木剣をにぎる手は別の生き物のように、ジャンを滅多打ちにしてくれた。

また都度都度、実戦的なアドバイスをくれた。

「本番ではカミーユが一方的に攻め、ジャンが守りに追い込まれる形勢になるでしょう！　でもそれで構いません、専守防衛は立派な作戦！　凌いで凌いでカミーユに隙が生まれるのを、虎視眈々と待つのです！」

「本番まで地獄かよ！」

「胸を張って！　目線を高く保って！　姿勢は戦いでも大事ですよっ。いっそエラソーにふんぞり返るくらい顔を持ち上げて！　視界が広く見えるはずですっ」

「ほ、ほんとだ……」

「わたくしは今、ジャンの鎧がある場所しか狙っていません！　守る箇所が絞られているなら、ガードもしやすいはず！　まずこれで完璧に受け凌げるようになるのが、ステップ1です！」

「わ、わかったたっ。頑張るっ」

「ステップ2になったら全身容赦なく狙いますからね！」

「ハードル一気に上がりすぎじゃない⁉」

ジャンは懸命に身を守りながら悲鳴を上げた。

夕食ができるまで、クラリーシャにボコられたのは小一時間くらいだろうか。

ジャンにとっては無限に思える生き地獄だった。

鎧を脱ぐと、青痣(あおあざ)だらけになっていた。

「これがこれから放課後毎日続くのか……」

「あら？　毎朝も続けますわよ？」

「…………」

自分で頼んだこととはいえ、ジャンは閉口させられる。

しかし三週間で強くなるためにはこれぐらいの荒稽古が必要なのだろうし、クラリーシャもまだまだ手加減してくれているはずだ。

現に彼女はあれだけ暴れ回ったように見えて、ほとんど息を切らしていない。

「武門の娘ってのは皆、クララみたいに剣も嗜(たしな)むのが普通なのかい？」

「モーヴ州では当たり前ですが、それでもランセンほど徹底するお家はございませんわね」

「……尚武(モーヴ)の州以外では？」

「わたくしが知る限り、皆無ですわね」

やっぱ頭おかしいだろう、猛武州(モーヴ)。

「ははっ」

とジャンは一人噴き出す。

「何が面白いのですか、ジャン？」

「いや……僕は君がこんなに強かっただなんて、まるで知らなかったわけだけど——」

「ですけど？」

「『まあクララだしな』って何も驚いていない自分が、よく考えたらおかしいよなって」

「ふふっ。それだけジャンがわたくしのことを理解してくれているということですね。二人の仲が順調に深まっている証左ですね」

「また君はすぐイイ方に受けとる」

ジャンは思いきり苦笑いさせられた。

でも不思議とその間、打たれた場所の痛みを忘れられた。


そして二人で食堂へ向かいながら、明日からの詳しい算段を話し合う。

「申し訳ございませんが、明日はエルメダ様とのお茶会の予定が入っておりまして。というか明後日からもずっとお茶会の予定が立て込んでおりまして……」

「それは当然、優先してよ」

貴族たちに興味のないジャンは、名前を聞いてもどこのご令嬢かはピンと来ない。

しかしジャンと違って学校生活を謳歌したがっているクラリーシャが、順調に学友を増やしていっていることは、純粋に喜ばしい。

「ですのでわたくしが帰宅するまでは、自主トレーニングに励んでいてくださいますか？」

「了解。具体的には？」

「そうですわねえ……ジャンは基礎体力も筋肉量も全然足りていませんから、鎧を着たまま町内二十周でもしていただきましょうか」

「それは当然レベルのトレーニング内容なのか……？」

「他（ほか）のメニューも後でメモしておきますね」

「鎧ランニングだけじゃまだ足りないと!?」

ジャンは思わず肩を落とす。

今日もクラリーシャが巻いてくれた、男物のコルセットが締め付けてきて痛い。

一方、彼女は口に手を当てクスリとすると、

「ジャン一人に修業をさせるのも無責任ですし、エルメダ様のお茶会をお断りして、わたくしも一緒に走りましょうか？」

「いや、それはダメだ」

ジャンは跳ねるように頭を上げ、すぐに断った。

「学校（スクール）は社交界の縮図で、貴族にとっての戦場なんだろう？　だったら人脈（ともだち）作りはとても大切なことで、疎（おろそ）かにしちゃいけない。君は君の、僕は僕の戦いを頑張るべきだろ」

「……っ。ジャンは本当に、わたくしのことを理解してくださっているのですね……っ」

「まあ愚図（ぐず）だから、時間はかかったけどな」

ジャンが照れ隠しで言うと、クラリーシャは「何を仰いますか」と穏やかにかぶりを振り、

「わたくし、今日は二度も感動いたしました」

と、花がほころぶように微笑んだ。

それが見惚れるほど綺麗だった。

他の男には見せたくないほど可憐だった。

翌日。

ジャンが学校から帰宅するなり、胸甲をまとってまた出ていった。

なんとも重そうに走っていくその背中を、フェンス男爵マテウスは執務室の窓から見下ろす。

今日は城の勤めが早く終わり、領主貴族としての仕事（特に養蚕事業を始める事務上の準備）を片づけていたのだ。

おかげで良い光景を見ることができた。

「昨日からクラリーシャ嬢に揉んでもらっていたかと思えば、今度はあの格好で走り込みとはなあ」

フラつきながらも踏み堪えて走る息子の姿に、心の中でエールを贈る。

二人の打合稽古のことは当然、マテウスも気づいていた。

ジャンは裏庭でこそこそやっていたつもりだろうが、なにしろクラリーシャの気勢が裂帛どころか屋敷を劈くかというような烈しいものだったので、丸聞こえだった。

マテウスは敢えて気づかないふりをし、使用人たちにも見て見ぬふりを命じた。

ジャンには幼い時分、苛烈な剣術修業を強要し、親子仲を険悪にさせてしまったという苦い過去がある。

だからマテウスが稽古の邪魔をすれば――口出しはおろか、眺めているだけでも――ジャンは意固地になり、また投げ出してしまうかもしれない。

繊細な子供を持つと、親は本当に気を遣わされる。


「ジャンのやつ、どういう心変わりかは知らんが、本気で自分を鍛える気になったらしい」

オレがどれだけ言っても聞かなかったのに、とマテウスは自嘲の笑みを浮かべる。

すると事務処理を手伝ってくれていた古株使用人が、

「ジャン様は元々、努力家でいらっしゃいましたから。ええ、このサージめはよく存じ上げております し、昔の坊ちゃまを思い出して懐かしゅうございます」

「だがオレが、幼いあいつのやる気をへし折ってしまった。ジャンのあんな姿は、もう二度と見られないのではないかと恐れていた」

「ですがクラリーシャお嬢様がいらっしゃってからというもの、ジャン様は日に日にご立派になっておられるではございませんか」

「……そうだな。全て嫁御のおかげだ。こんなに早くジャンが変わるとは、さすがにオレも予想していなかった」

「ご結婚相手として、これ以上のお方は望めますまい。お連れした旦那様の、まさにご慧眼でございましたなあ」

とサージがしみじみ言う。

しかしマテウスとしては、喜んでばかりもいられない。

「そのクラリーシャ嬢を連れてくるのに、ずいぶんと強引な手を使ってしまった。オレは方々の恨みを買ったことだろうし、いずれその報いを受けるやもしれぬ」

実はランセン公の命でカミーユがリュータに来ていることを、マテウスは知らされていない。

ジャンが現在努力している理由も、これから行う決闘騒ぎのことも知らない。

でも責任の意味まで知らないほど、無神経ではない男だ。

「旦那様……」

「だが、いいのだ。オレがどんな末路をたどろうと、ジャンの代でフェンス家が大きくなれば、それで本望だ。なあ聞いてくれ、サージ。クラリーシャ嬢はこの家を、ゆくゆくは公爵家にしてみせると言ってくれているんだよ」

一代やそこらで男爵が公爵になるなどと、戦乱の世でもなければあり得ない事態だが。

「このごろのジャン様のお姿を見ておりますと、ははあ、信じてしまいそうになりますなあ」

サージが本気か追従かも判別のつかない口調で、莞爾と笑った。

マテウスは窓辺に立ったまま――ジャンの姿が庭の塀の向こうへ消えた後も――ずっと遠くの

空を眺め続ける。

「楽しみに見守るとしようか」

「ええ、このサージめにも老後の張り合いができました」

――という父親たちの眼差しにも気づかず、ジャンは延々と走り込みを続けていた。

「きっつっ……。鎧着て走るの、マジできっつ……っ」

口からは愚痴と弱音が、止め処なく漏れ続ける。

住宅街を行き交う主婦や子供たちに奇異の目を向けられるが、疲労困憊で朦朧となっているジャンに体面を取り繕うような余裕はない。

「ああっ……こんなことしてないでっ……ラオペ書きたい……！」

半ば現実逃避、だがもう半ばは本音で叫ぶ。

普段、机にかじりついている時はしょっちゅう構想で詰まるというのに、今は書きたいものが泉の如く湧いて出ていた。

特に連日の打合稽古が、ジャンのインスピレーションをかき立てていた。

剣を持つクラリーシャの、勇ましくも美しい姿。

彼女が教えてくれた実戦的な蘊蓄の数々。

これでもかと味わわされた、痛みや恐さの実感。

全てが刺激的で、すぐにでも脚本に取り入れたくて仕方がない。

(思えば創意や創作ってのは、不思議なものだな……)

普通なら人生は楽しいことや楽なことばかりしか、したくないものだ。

ところが創作者は、苦労や不運を己の作品に活かすことができる。

ただ損してそれで終わりとは、いえないところがある。

「決闘が終わったら、書きまくってやるからなー!」

ジャンはヤケクソになって叫ぶ。

ラオペの構想に没頭している間は、胴鎧を着けたまま町内を走り続けるというこのイカレた苦行の最中でも、しんどさを忘れられる。

やっぱりただの現実逃避かもしれない。


そうしてどうにか町内マラソンの、一周目が終わりかけた時のことだ――

「よお、色男! 愉快な格好で走ってるじゃないか」

と突然、声をかけられた。

民家の生垣を外から手入れしていた、雇われ庭師の青年からだ。

すわ知り合いかと確認したが、全く見たことのない相手である。

歳は二十前後か。

野性味あふれるハンサムで、この青年の方こそ色男に見えた。

女にモテそうというか。さんざん泣かせてそうというか。

「（ゼイゼイ）な、何か……（ヒュウヒュウ）ぼ、僕に用……で（コフーコフー）」

ジャンは息も絶え絶えに訊き返す。

ちょうど疲労の極だったこともあり、足を止めてへたり込む。

「いや用ってほどのことじゃないんだが、見てて危なっかしい足取りだったんで、老婆心でな」

そう言って彼も剪定の手を止め、ジャンの方へと向き直った。

「オレはレント。今は庭の手入れで雇われてるが、何でも屋だ」

と彼は名乗る。

そして親切にも、

「ちゃんと休憩はとってるか？　水分補給もマメにした方がいいぞ」

と、腰に吊るした皮袋を投げ渡してきた。

中身は水で、ジャンはありがたく喉を潤す。またおかげで呼吸も整ってくる。

感謝の言葉とともにレントへ皮袋を返しつつ、

「あんまりサボると、後で怒られそうでね」

「へえ……さぞ名トレーナーさんがついているらしいが、そのお方は一切休むなとの仰せで？」

「いや、そういうわけじゃないけど……」

ジャンはズボンのポケットに突っ込んでおいた、クラリーシャのメモ書きを取り出す。

この後やるべき別メニューや各注意事項について、びっしりと記入されている。

レントにも見せると彼は興味深げに目を通し、

「ああ、ほら。適度に休めって、ちゃんと書いてあるだろ」

「その『適度』ってのが難しいんだよ。僕は根性がないから、際限なく自分を甘やかしそうで」

「いやいやいや！　鎧着て走り込みとか根性あるよ、おたく。こんなイカレた苦行、普通の奴なら嫌がってしないよ」

レントは楽しい冗談を聞いたとばかりに爆笑しつつ、

「まあ、初日からあんま無理すんなって。体を壊したら元も子もないからな」

「……そうかな？」

「そうだよ。ちょっとサボりすぎなくらいでいいよ。まずかったら名トレーナーさんがご指摘してくださるよきっと」

「……そっか。それもそうだな」

「そんなことも気づかないなんて、根っから真面目なんだろうね。おたく」

レントはそう言ってくれたが、ジャンは自分が真面目だなんて思ったことがない。

父親の厳しい修業からも家督からも逃げようとしていた――最近ようやく、ちょっとは生き方を改めようと決意しただけの――意気地なしだ。

ともあれ、見ず知らずの親切な青年のおかげで、休憩も水分補給もできた。

「じゃあ、もう行くよ。水、ありがとう」

「ああ。最初からあんま飛ばすなよ、ジャン」

互いに笑顔で別れ、ジャンは再び走り出す。

わずかにでも休めた効果か、足がさっきよりは上がる。

休憩の重要性を確認しつつ走って——遅まきながら気づいた。

（レントに僕、名乗ったっけ？　それに、なんでトレーニング初日だって知ってるんだ？）

なんとも不思議な話だった。

が、そうはいってもまたすぐに疲労がのしかかってきて、気にかける余裕などなくなった。

ジャンの人生において最も過酷な、三週間が経過した。

ガチで二回ほど血反吐を吐いたし。

でもクラリーシャの指導による特訓や打合稽古を、一日もサボらずやり遂げた。

そして本日、四月三十日。

すなわち決闘当日だ。

場所は校内にある競技場を使う。

試合場（グラウンド）を観客席（スタンド）が囲む形の立派な建物で、ノースポンド校の自慢でもある（ただしモデルとなった、遥か南の旧帝国の円形闘技場（コロッセオ）に比べると小さく簡素）。

学校(スクール)の創設者・先代エスパーダ辺境伯の、精神の表れといおうか。

王国西方の守護を代々請け負う辺境伯家としては、尚武(しょうぶ)の校風にしたかったのだろう。

しかし軟弱化した当世の若様たちの「ノリ」には合わず、もっぱら使われるのは球蹴(け)り等のスポーツ目的が大半。

剣術の授業で嫌々やらされるのを除けば、今日の如く戦いの舞台となるのは実に久方ぶりのことだった。


競技場内には控室がいくつかあり、ジャンはその一つで準備をする。

クラリーシャとカンナもいて、手伝ってくれていた。

「今回ばっかはあーしも、若様のことガチで見直したっすよ」

そのカンナがしゃがんで、ジャンの両足に脛(すね)当てを装着してくれながら言った。

「クララお嬢様にあんなにシゴかれても、音を上げなかったのはマジ根性あるっす」

ずっとジャンには当たりがキツかったカンナが、実際このごろは柔らかくなったのを感じる。

ジャンは背筋を伸ばしたまま、妙にくすぐったい気持ちに堪える。

またクラリーシャも、籠手(こて)がちゃんと使い物になるか叩(たた)いて検(あらた)めながら、

「わたくしもジャンならきっと投げ出さずにやり遂げると思ってました。ですが稽古量をもっと手加減して欲しい等のお願いは、してくるんじゃないかな～と思ってたんです」

「まあ実際、何度も口を突きかけたしな」

ジャンがぼやくと、クラリーシャは口に拳を当ててクスクス笑いながら、

「なのでお願いを聞いて減らしても問題ないように、最初から稽古量を倍にしておきました」

「オイッ⁉」

「でも、まさか倍の稽古量のまま貫徹しちゃうとは……。わたくし脱帽ですわ」

「恨むぞ一生っ」

ジャンはジト目になってクラリーシャに抗議する。

こんなことならさっさとギブアップしておくんだったと思ったのは、内緒だ。

一方、脛当てを着け終えたカンナが立ち上がると、

「いっすか、若様？　ここまで頑張ったんだから、今日勝たないと嘘っすよ？」

ジャンの努力を認め、さらに激励してくれている――ように聞こえて言外に、負けたら全部無意味だからな？　わかってんな？　と脅迫してくる。

「特訓の成果が出ているといいんだけどな……」

棚に立てかけられた胴鎧の方へ向かいながら、ジャンはぼやいた。

正直、毎日しんどい想いをしただけで、カミーユにはやっぱり通用しないのではないかという恐怖はある。

すると――

「ジャン、気づいてますか？」

クラリーシャが、ジャン自身が把握できていない変化を指摘する。

「最近のジャンにはもう、コルセットが必要なくなってます」

「そういえば……」

地獄の特訓に日々忙殺され、すっかり失念していたが、いつの間にかクラリーシャに朝一で巻いてもらうことがなくなっていたのである。

今日だって装着していないが、ジャンの背筋はごく意識せずとも真っ直ぐ伸びていた。

すなわち身体作りが成功している証拠だ。以前はなかった、上体を余裕で支えるだけの筋量が、体幹に備わったということだ。

「確かに戦いの技術は、一朝一夕で身に着くものではありません。ですが筋肉は別です」

「まだまだ細いなあって自分でも思うんだけど……」

「いえいえ、ゴテゴテ付けるのが実戦的な筋肉とは限らないですから」

そういうクラリーシャがまさに、細身に見えて剛腕の持ち主であることが実証している。

「わたくしだって別に外連や根性論で、甲冑を着て走り込むなんて拷問をやらせたんじゃないんですよ？」

「拷問て」

「血反吐を吐くくらい必死に鍛えたら、筋肉と体力はすぐに、絶対につきます。その二つは裏切りません。しかもジャンは恵まれた素質を持っているのですから！」

「素質があるなんて言われたの、初めてなんだが……」

「ありますよ。ジャンはわたくしが見上げなければいけないほど背が高くて、肩幅もしっかりしてます。恵まれた骨格を持っている証拠です。全部、お義父様（とうさま）譲りですね」

「……父さんの、か」

素直に感謝はできない、複雑な気持ちになるジャン。

気づいたクラリーシャが、苦笑いで続ける。

「優れた体格と骨格――その土台にこれだけ筋肉が付けば、もう充分すぎますよ。少なくとも膂力（りょりょく）は、既にカミーユを凌駕（りょうが）してます」

「ホントに!?」

「ええ、わたくしの見立てを信じてください」

クラリーシャが自分の胸を可愛（かわい）く叩く。


そしてもちろん、彼女の目ならば信じられる。

たかが筋力、されど筋力。

コンプレックスだらけのジャンにとり――たとえ一点でも、ランセンほどの武門の男に勝る部分ができたことは――雄（オス）としての誇りを大きく取り戻すことにつながった。


「後は勇気を持って戦うだけですよ、ジャン！　それがなければどんな猛者（もさ）も戦士足り得ず、それさえあればどんな弱者も一人前の兵（つわもの）なのですから！」

「あ、ああ。わかった」

「クララお嬢様から作戦も授かってるんすよね？　忘れちゃダメっすよ？」

「あ、ああ。もちろん」

左右から鎧の装着を手伝ってくれる女性陣に、ジャンは何度もうなずき返す。

実力不足は承知の上。だったらメンタルと工夫で補うしかない。

「――じゃあ、行ってくる」

最後に模擬戦用の木剣を、緊張で震える手で受けとった。

カミーユは先に試合場で待っていた。

身に帯びるのは胸当て、籠手、脛当て――と最低限の軽装。

舐めてはいない。剣術で勝るからこそ、守りより動きを阻害しないことを重視した、これが本気の装備である。

本気でジャンの肉体を叩き潰すための、という意味だ。

「ランセンに喧嘩を売った意味とその重さ、思い知らせてあげます」

模擬戦用の木剣を、自然体でだらりと提げる。

一方、観客席は既に学生たちで九分入りの状態だった。

貴族の令息令嬢たちは、日々の娯楽に飢えている。

別にどちらかに肩入れしているわけではなくても、決闘と聞けば飛んでくるという話だ。

ただしカミーユに向けられるご令嬢方の声援は、明らかに多い。

戦士の風格を漂わせつつも、貴公子然と涼やかに佇む美少年に、黄色い声が集まらないわけがない。

カミーユは冷ややかに無視しつつ、決闘相手をひたすら待つ。

試合場は剝き出しの地面がそのまま使われている。

雨が降れば当然泥濘になるし、そうでなくとも土埃にまみれて戦う羽目になるだろう。

先代エスパーダ辺境伯の、実戦主義の精神が反映されているというわけだ。

互いに東西を代表する武門。その直系男子であるカミーユは、当世の若様たちの「ノリ」に反してこの競技場がすぐに気に入った。

地面は完全には均されていないし、大粒の石があちこちに頭を露出させている。

カミーユは足を使って戦うつもりだが、気を抜けばつまずいてしまうだろう。

（だが、それがいいです）

この泰平の世でも、わずかなりと戦場の空気らしきものを味わうことができる。

そして——

研ぎ澄まされたカミーユの皮膚が、その空気の変化を鋭敏に感じとった。

（ようやく来ましたか）

と、対面側通路の出入り口へ目をやる。

緊張を隠せない足取りでやってくる、ジャンの姿がそこにあった。

見物に来た学生たちも一人、また一人と彼の到来に気づき、息を呑み、やがてどよめきが観客席全体を覆う。

それだけジャンの装束が、異彩を放っていたからだ。

まるで今から本当に出征するかのような、首から下をくまなく覆い尽くす重甲冑。

そう、ご丁寧に喉当てさえ着用し、あと装備してないのは兜くらいのものだった。

左手には直径四十インチ（約一メートル）の大盾を構えるという徹底ぶり。

「そこまでしますか！」

とカミーユも目を瞠り、口元を歪める。

決して嘲笑などではない。ジャンがどれだけ本気でこの決闘に臨んでいるかが垣間見えて、少し楽しくなってきたのだ。

（加えて姉上の入れ知恵でもあるのでしょう。フフッ、これは油断なりません）

静かに、だがふつふつと血が沸き立つのを感じる。

そのまま試合場中央で、待ち構えるカミーユ。

ジャンが鎧を鳴らしながら、すぐ至近距離までやってくる。

そうしないと観客の野次や声援がうるさすぎて、互いの声が聞こえない。

「すまない、遅れた」

緊張の見え隠れする声でジャンが言った。

「別にいいですよ。そう死に急ぐこともないでしょう。そうだ、最期に言い残しておきたいことはありますか？」

カミーユは憎まれ口で応じた。

同時に、決闘中に落命する覚悟もしておけと仄めかしておく。

たとえ模擬戦用の木剣でも、打ち所が悪ければ人は死ぬ。カミーユの剣技が繰り出す威力が乗ればなおさらだ。

果たしてジャンは何を言い残すか？

「約束を忘れるなよ、カミーユ・ランセン。僕が勝ったらクララのことは諦めてもらう」

「良い台詞です」

こちらをにらむジャンの目が、脅迫されても一切揺らいでいないことに、カミーユは今度は敬意を表して言った。

だからちゃんと決闘の作法に則り、伸ばした切っ先を相手に突きつけた。

ジャンも応じて、互いの刀身を軽く打ち合わせる。

それが始まりの合図。

互いに跳び退って一旦、間合いを切る。

大仰な前口上もない。事細かな取り決めもない。審判すらいない。

男と男が名誉を懸けた戦いに、そんな無粋なものは必要ない！

クラリーシャはカンナを連れて、観客席までやってきた。

ジャンと控室で別れた後、急いできたのだが、決闘は既に始まっていた。

展開は一方的だ。

普段の冷淡な態度とは豹変（ひょうへん）したカミーユが、攻めて攻めて攻めまくっている。

その激しさ、身ごなしの機敏さ、太刀筋の見事さに観客は大興奮だ。

「でも若様も負けちゃいないっすねー。全然一発ももらってないっす。やっぱクララお嬢様との特訓の成果っすか？」

「それももちろんありますが、まああんなに大きな盾を構えてますしねえ」

感心しきりの様子のカンナに、クラリーシャは身も蓋（ふた）もないことを言う。

「カミーユは身長がわたくしとほとんど変わらないんですよ。だからリーチでジャンに大きく負けてるんですよ。そこにジャンがどっしりと盾を構えたら、懐（ふところ）が深くてそりゃあ攻めあぐねます」

「身長（タッパ）の差ってそんな大事っすか？　剣のウデマエにめっちゃ差があっても？」

「一対一の戦いにおいては、反則的なくらい大事ですね。ジャンが兜だけ着けてないのも、カミーユの身長ではよほど大振りにならないと届かないって計算です。もし身長差がもっと少なかったら、視界を遮（さえぎ）るのを承知で着用してもらっていましたね」

クラリーシャが余裕の口調で解説していられるのも、実際安心して見ていられるほど、ジャンの防戦が上手くいっているからだ。今のところは。

「その盾もですね、実戦だとすぐ壊されちゃって、そこまで信用できないんですよ」

「まじすか」

「木の板の上と枠に、大して厚みのない鉄板で覆ってるだけですからね。完全に鋼一枚で作っちゃうと、重すぎて使い物になりませんから」

「あー、そういうもんなんすね。確かにペラそうっす」

「でもカミーユが使っているのは模擬戦用の木剣ですからね。あの盾は絶対壊れません！」

「……全部最初から計算ずくってことっすか」

「もちろんです」

フフフ……と黒い微笑を湛えるクラリーシャ。


そしてジャンには、守ることだけを教えたわけではない。

カミーユも人間である以上、どんなに鍛えても攻め疲れというものが存在する。

あんな激しくフットワークを使えば、なおさらだ。

徐々に鈍っていくカミーユの機動力を、あるいは一呼吸入れる隙を、ジャンは虎視眈々と待ち構え——横薙ぎの一閃！

技術の稚拙を長いリーチで補った、威風辺りを払うが如き剣をお見舞いする。

それに未熟といっても三週間、もうこの太刀筋ばっかりを練習させたので、それなりに堂に入っている。

「攻撃範囲がただただ広い」という身も蓋もない一閃に対して、さしものカミーユも大きく飛び退って回避する以外ない。

　攻めきれないまま最後は、見事にジャンに追い払われた格好だ。

　カミーユの舌打ちがここまで聞こえてきそうだ。


「ね？　身長で大きく勝るって有利でしょう？」

「よくこんなエゲツないやり口、次から次へと考えつくっすねー……」

「お祖母様とお父様に、口を酸（す）っぱくして言われましたから。『戦闘ダメ絶対。平和最高。でも避けられない戦いなら、どんな手段を使ってでも勝て。相手が嫌がることを徹底してやれ』」

「まーじ非常識（メチャクチャ）っすね、ランセン公爵家……」

「でも戦乱の世だったら、これが当たり前なんですよ？」

「今は泰平の世っすから……」

　ドン引きして冷や汗を垂らすカンナ。

　クラリーシャは気にせず続けた。

「とはいえわたくしがどんな作戦を立てようとも、ジャンが実行できなければ絵に描いたパンのようなもの」

　ジャンはただ突っ立っているだけではなく、足を使って揺さぶりをかけてくる相手に、常に的確に対応し続けねばならないのだ。

重い甲冑を着たまま最低限、機敏に動くためには筋肉が要る。

右から左から繰り出される攻撃に対し、大盾を構え直すのだって想像以上に体力が要る。

カミーユほどの剣士と対峙するには勇気が、専守防衛を貫くには忍耐力が必要だ。

「全てジャンが自身の血と汗で、培った成果です」

「……クララお嬢様の地獄の特訓に、耐え抜いたっすもんね」

そう。カンナ自身、控室でジャンの努力を讃えていたではないか。

「今日はその努力の集大成を、見守りましょう」

「うっす！　応援するっす」

観客席最後方から、カンナが負けじと声を出していく。

クラリーシャもまたジャンから片時も目を離さない。

昔から頑張り屋が好きだった。

男のタイプを訊かれたら、まず真っ先にそう答える。

カミーユほどの強敵を前にしてなお、相手の嫌がることをひたすら徹底し、いっそ生真面目なまでに遂行し続けるジャンの姿を、クラリーシャはうっとりとして見守り続ける。

だが――それはあくまでクラリーシャがランセンの娘だから。

他の学生たちの感想は別。

「さっきから卑怯ですわよ、ジャン！」

と、どこかのご令嬢が声を大に批難した。見れば、コーデリアの仕業だった。

さらに取り巻き立ちも追従し、

「名誉ある決闘とは思えない、こすっからい戦い方だなあ！」

「お父君のフェンス男爵は、よほどの勇者だとお噂(うわさ)ですのに！」

「恥を知れよ、ジャーン！」

と口々に罵(ののし)る。

〝ノースポンド校のクイーン〟としては安っぽい虚栄心を満たすため、目の上のたんこぶとなったクラリーシャにはさっさといなくなって欲しいのだろう。

だからカミーユが決闘に勝って、王都へ連れ戻す展開を望んでいるのだろう。

（こすっからいのはどっちですか！）

しかしコーデリアたちを皮切りに、観客席(スタンド)がジャンへの誹謗(ひぼう)一色で染まっていく。

カミーユの見目や公爵令息の肩書、さらには剣技の華やかさに心を奪われたファンのご令嬢が、元々多かったのもあいまって、もう堰(せき)を切ったように止まらない。

「盾の陰に隠れてコソコソと、眠たくなる決闘はおやめなさいな！」

「そんな鎧をガチガチに着ていれば、誰だって勝てますわよイカサマ野郎！」

「フェンス男爵令息サンは、勇気をママのお腹(なか)の中に置いてきたんですかねえ⁉」

などと、野次を飛ばす者が次から次に出る始末。

「カミーユ様と正々堂々戦いなさいよ、卑怯者！」

「「「BOOOOOOOOOOOOOOOOOOOOOOOOOOOOOOOOOO!!」」」

あげくこの大ブーイング。

仮にも貴族の品位というものがあるだろうに、一皮剝けばまるで猿の如き浅ましい姿だ。

恥を知るべきはいったいどちらか。

「テメエら……」

とカンナがドスの利(き)いた声を出し、殺気ギラギラの目で周囲を見回す。

ジャンのために怒り、今にも場外乱闘を始めかねない様子。

「ダメですよ、カンナさん」

それをクラリーシャが、肩に手を置いて制止する。

「だ、だけどお嬢……！」

「戦っているのはジャンとカミーユです。わたくしたちではありません」

観客らもまた部外者。そんなのは放っておいて、二人の戦いを見届けるべきだと諭(さと)す。

「ほら、ジャンは集中していますよ。匹夫(ひっぷ)の誹謗中傷など、意にも解してません」

クラリーシャが試合場を指して言う。

奇(く)しくもその時だ――試合場で異変が起きたのは。

カミーユが今日一番の大きく、鋭い踏み込み突きを打ち放ったのだ。

まさしく全身を一本の槍(やり)と化さしめたような、大胆な突撃だ。

その威力は甚大！　なんとジャンの構えた大盾に穴を穿ち、貫いた。

「絶対壊れないいんじゃなかったんすかお嬢様⁉」

「カミーユも見ないうちに成長しましたねえ……」

クラリーシャをして冷や汗を垂らす、恐るべき一撃だった。

見る者全てに、そしてもちろんジャンに、戦慄を与えた。

そして、その偉業を成し遂げたカミーユは、同時に、

「やかましいっ‼」

と、野次を飛ばし続ける学生たちへ向けて怒鳴りつけた。


しん、と静まり返る観客席。

まさに啞然呆然。カミーユの言葉に従ったというよりは、まさか彼の口から――そう、ジャンの方ではなく――抗議が出るとは誰も思っていなかったのだろう。

カンナさえ目をぱちくりさせている。

当然の如く受け止め、「ふふっ」と微笑んだのはクラリーシャくらいのものだろう。

もちろん、好意十割の笑みだ。

そんな観衆たちの前で、カミーユはジャンから距離をとると、珍しく声を張って訴える。

「あなた方がもし私への擁護でわめいているのなら、それは私が今日まで磨いてきた剣への侮辱でしかないと知りなさい！　あるいは単にジャン・フェンスを貶めたいだけなら、恥を知りなさい！」

誰かを批難する時、この弟の舌鋒は氷の刃の如くどこまでも鋭くなる。

「泰平の世に慣れきった腑抜けどもは、決闘一つとってもやり方を知らない！　あれは禁止、これは卑怯と、戦う前からウンザリするほど事細かにルールを取り決める！　『公平』というお題目で少しでも自分が有利になるよう、相手が不利になるよう、延々と話し合いと騙し合いと妥協を続ける——そんな『ごっこ遊び』が、今やタイタニア貴族の間では『決闘』と称されているのです！　あまつさえ『戦いとはそこからもう始まっている』だなどと臆面もなく言う輩までいる始末！　武人の風上にも置けない！」

その言葉のいちいちに、クラリーシャはうなずく。

カミーユの激昂は続く。

「ジャン・フェンスは素人同然の弱者でありながら、圧倒的強者である私に挑戦してきた！　さらに勝つために、創意工夫を怠らなかった！　これこそが武人の『決闘』です!!　姉上を守るために全身全霊を懸けるということです！　卑怯でなどあるものか！」

さらには爪先で石を掘り起こし、蹴り上げて左手にとる。

掌をはみ出るほどの、大きな石だ。

それをカミーユは頭上へ投げると——両手に構えた木剣で、腰の入った一撃を叩き込んだ。

見事、木端微塵に粉砕してみせた。

並の者が同じ真似をしても、石はあたかも打球の如く遠くへ飛んでいくだけ。粉々になりはしない。

カミーユの太刀筋が、どれだけ鋭いかという話だ。

たとえ模擬戦用の木剣といえど達人が振れば、恐るべき威力を秘めているという実証だ。

目の当たりにした学生たちが一様に、ゾーッと蒼褪める。

「甲冑があれば誰でも勝てるですって？　じゃあ私の前に立ってみろ！　全身の骨という骨を叩き折ってあげます」

冷ややかな皮肉に満ちたその言葉に、安っぽい反論や野次を返す者は一人もいなかった。

そんな観客たちの反応を確認した上で、カミーユは真っ直ぐにジャンを指す。

「ジャン・フェンスがどれほどの恐怖に堪えて、ここにいるか、あなた方にはわかりませんか？　想像力の欠片もありませんか？」

そして、毅然と観客らへ命じる。


「彼はご父君になんら羞じることのない勇者だ！　その敢闘を讃えよ‼」


今日一番の、カミーユの大きな声。

開放的な意匠をしたこの競技場では、反響することなど物理的にあり得ない。

しかし、カミーユの声は確かに木霊した。

この場にいる大勢の学生たちの心を打ち、奮わせたのだ。

観客席の誰かが立ち、試合場の戦士たちへと拍手を送った。

それが皮切り――また別の者が拍手を始め、一人また一人と広がっていく。

あたかも俄雨のように、最初はぽつぽつと疎らに、やがては競技場全体を覆う激しい拍手が巻き起こる。

ばつが悪いのはコーデリアと取り巻きたちで、コソコソと観客席から逃げ出していく。

もちろん、クラリーシャも二人へ盛大な拍手を送った。

カンナなど席の上に立ち、両手を振り上げて叩いていた。


カミーユもそれで満足したか、もう観客のことなど眼中をなくしてジャンに向き直る。

ジャンも突きつけた剣を前に伸ばし、カミーユが軽く刀身を打ち合わせ、再開の合意が成る。

鳴りやまない驟雨の如き拍手の中で――二人の男は再び激突した。

カミーユが剣で打ち、ジャンが盾で受ける。

その構図は変わらないが、両者の間にある空気というか、意識が変わった。

全力の踏み込み突きならば盾を貫くことができるとわかったカミーユはもう一発を狙い、逆にジャンはそれだけはもう受けまいとする。

結果、ジャンがわずかに及び腰になる。

あるいはカミーユを寄せ付けたくない一心で、よく機を見ずに横薙ぎを一閃する。

その焦(あせ)りを見逃すカミーユではなかった。

前へ踏み込むと同時にいきなり、思いきりしゃがみ込む。

それで横に大きく薙いだジャンの、太刀筋の下を掻(か)い潜(くぐ)る。

カミーユはさらに深く下へ。前へ。

まるで蜘蛛(くも)が這(は)うが如き歪(いびつ)な体勢の、低い低い踏み込みだ！

恐ろしく柔軟な肉体と、無理な姿勢でも全身を支えられる鋼鉄の体幹の賜物(たまもの)。

そのままジャンの大盾さえ掻い潜り――

その先にある向う脛へと、一撃叩き込んでみせたのだ。


「ぎ――――いっ」


ついにファーストヒットをもらってしまったジャンが、堪えきれずに悲鳴を上げた。

脛は人体の急所、泣き所だ。

たとえ木剣でも、鉄の脛当て(グリーブ)の上からでも、打たれれば激痛が走る。

たたらを踏んで下がるジャン。

追撃にかかるカミーユ。

再び蜘蛛の如き歪な姿勢で、大盾の下から攻める。

二度、三度とジャンの向う脛を打つ。

「な、なんか急に若様がメタクソにやられだしたっすよ、クララお嬢様⁉」

「……あそこまで見事な下段攻撃をされると、今度はジャンの身長の高さが仇になってしまうんですよ」

「盾でどうにかできないんすか⁉」

「逆に死角になっちゃうんですよ……」

「なんか対策はないんすか⁉　作戦に織り込んでないんすか⁉」

「…………」

嘘がつけない性格のクラリーシャは、何も答えられなかった。


一方でジャンも、必死にカミーユの下段攻撃に対応しようとする。

「クソッ……！」

悪態をつき、もう役立たずになった大盾を投げ捨てる。

「それは悪手ですよ、ジャン・フェンス」

カミーユが残念そうに咎めた。

そして姿勢を元に戻し、正統の剣技で攻めかかる。

再び嵐の如き猛攻が始まる。

ついに、ジャンが滅多打ちにされる時間が来る――

打たれた場所が、爆発したかとジャンは思った。
それくらいカミーユの剣打の衝撃は凄まじかった。
蜘蛛じみた無茶な体勢から、無理やり繰り出した脛打ちとは威力の次元が違う。
右肩、左腕、脇腹――打たれた場所が、激痛で悲鳴を上げる。
骨折してないのが不思議なくらいだ。
(クララが言った通り、丈夫な骨をしてるんだろうな。僕は)
彼女の言葉を思い返して、ジャンは不敵に微笑む。
瘦せ我慢だ。
滅多打ちにされる痛みで目尻はにじんでいる。
「もう降参した方がよろしいのでは!」
公爵家の御曹司が、お優しいことを仰せになった。
冗談じゃない!
ジャンはまだ諦めていない。
痛みに対する生理現象で涙ぐんではいても――瞳の芯は決して死んでいない。
むしろ燃えている。

現に滅多打ちにされているとはいっても、カミーユの打突の全てを食らっているわけではなかった。両手で木剣をしっかり構え、専守防衛。受け流し、受け弾き、それでも捌ききれなかった十に一太刀ほどをもらっているだけだ。

嵐の如きカミーユの猛攻を前に、ジャンはよくよく受け凌いでいた。

クラリーシャとの特訓の成果が出ていた。


そう――

木剣を肩に担ぎ、上段から斜に打ちかかってくるカミーユ。

――これはクラリーシャも得意とし、よく稽古で使っていた。

そこから木剣を切り返し、水平に薙ぎ払うカミーユ。

――この連携もまたクラリーシャが癖にしていた。

そうやってカミーユの太刀筋の一つ一つをつぶさに見て、剣で受け凌ぎながらふと気づく。

(――本当にクララの得意技だったのか？　癖なのか？)

嵐の如きカミーユの猛攻を、見れば見るほど疑念は強く、大きくなる。

そして確信に至る。

(――僕はこの太刀筋をよく知っている。何度となく見ている)

この三週間というもの毎朝。あるいは放課後、日が沈むまで。

打合稽古をつけてくれたクラリーシャの剣捌きが、まさにこの嵐を彷彿させるものだった。

(──クララはカミーユと同門だ。だったら弟の剣捌きを知っていて当然だ)

だからクラリーシャはその太刀筋を実演し、癖に至るまで完璧に再現してくれていたのだ。

ジャンに見せるために。慣れさせるために。

その上で、クラリーシャが放つ太刀筋の方がほんのわずかに速く、鋭かった。

これも当たり前だ。実戦よりキツい特訓をするからこそ、肝心の本番で活かせるのだから。

だからこそ素人に毛が生えた程度のジャンでも、どうにか受け凌ぐことができている。

十に一つもらっても、鎧のおかげで耐え凌ぐことができている。

これまた全てクラリーシャの作戦通りだろう。


「意外と粘りますね、ジャン殿！」

カミーユの口ぶりに、苛立ち(いらだ)が混ざり始めた。

素人に毛が生えたジャンを仕留めきれず、武人としての誇りが傷ついているのだろう。

これだけ攻め続けてまだ息も切らしていないのは、さすが鍛え方が違うというべきだが──しかし、付け入る隙がついに露出した。


「ぐうっ……！」

またカミーユに一撃もらった拍子(ひょうし)に、ジャンの両膝(ひざ)がガクッと沈む。

とうとう痛みに堪えかね、膝を屈してしまう。
——と見せかけた、これは誘いだ。

「隙アリ！」

苛立ちを禁じ得ていなかったカミーユは、疑うことなく大上段から打ち込んできた。
狙いは一点、崩れた姿勢とともに下がったジャンの頭だ
唯一、鎧のないそこを打てば、一撃で昏倒させることだってできる。
そんなカミーユの思考が、手にとるようにわかる。

（それもクララの作戦のうちだとは思わないだろっ）

痛みで膝が崩れたわけではもちろんない。
誘いのためだけに膝を曲げたわけではない。
同時に撓めたバネの如く、力を溜めたのだ。

——そうです、ジャン！
——幸せとは己の腕力でつかみとるもの!!

クラリーシャの座右の銘が、ジャンの脳裏でリフレインする。

「おおおおおおおおおおおおおおおおおおッ！」

いったい何年ぶりだろう、ジャンは咆えた。

牙を剝き出すようにして咆えて、総ての膂力を振り絞った撓めた膝を思いきり伸ばした。


そして、渾身の体当たりをカミーユにぶちかました。


ジャンの頭を狙うため、大振りになっていたカミーユにこれは避けられない。

またジャンより遥かに小柄で、鎧もまとっていない少年にこれは受け止められない。

クラリーシャの見立てはどこまでも正確だった。

少なくとも筋力だけは、今やジャンがカミーユを凌駕していたのだ！


吹き飛ばされたカミーユは、受け身もとれずに背中から地面に倒れる。

この勝機を逃せば、ジャンにはもう次はない。

もう必死で倒れたカミーユを押さえ込み、その腹の上に馬乗りになる。

観客席が再び、しんと静まり返る。

その沈黙の中で、しばしにらみ合う二人の戦士。

ジャンは馬乗りになったまま、視線で押し潰すように目に気迫を込めて。

カミーユは地面に倒れたまま、視線で押し返すように瞳に凄味を湛えて。

でも、すぐに、そのカミーユの眼差しが、ふっと弛んだ。

「参りました、義兄上」

不貞腐れたように降参宣言した。

重甲冑をまとった男に馬乗りにされているのだ。この体勢から抜け出すのは不可能だ（遥か後世の総合格闘技のように、ほぼ裸でやる試合とはわけが違う）。

カミーユは本物の武人だからこそ、その状況理解を間違えなかった。

そして大方の予想を覆す、ジャンの勝利が確定した瞬間だった。

静寂に包まれていた観客席も、それで歓声を爆発させる。

緊張の糸が切れたジャンは、脱力して天を仰ぐ。

それから観客席をぐるりと見回す。

名門ランセンの剣士の敗北に、まさかまさかと興奮して騒ぐ学生たちの中――

ただ一人、ジャンの勝利を信じてくれていただろう女性の顔を探して。

「正直、ジャン殿の覚悟が見られれば、なんでもよかったんですよ。だから私も何がなんでも勝とうと思って、戦ったわけではないです」

とカミーユが言い出した。

(あ、これは負け惜しみ入ってますね)

弟のことをよく知るクラリーシャは、くすりと笑った。


決闘の後――緊張の糸が切れたように昏睡した、ジャンを運び込んだ――学校医務室のことである。

満足げに爆睡する婚約者の治療は、クラリーシャ自らが当たっていた。

治療台に横たわらせ、腫れ上がった打撲に軟膏を塗り、水気をよく絞った布を当てて冷やす。

「あれで本気じゃなかったんすか？　ランセン家の人たちってまーじ化け物ぞろいっすね」

カミーユの負け惜しみを真に受けたカンナが、びっくり仰天した。

ちょうど冷たい井戸水を、新たに手桶で汲んできてくれたところだ。

一方、カミーユはぬけぬけと続ける。

「ジャン殿のことは失礼ながら手の者を使って、事前に調査していたんですよ。すると剣も馬もダメだとか、学校での態度も褒められたものじゃないとか、ろくでもない話ばかり耳に入ってきまして。それで父上が『ウチの娘は男運ゼロなの？』『連続でダメ男を引いたの？』ってパニックになりましてね」

「意外とお茶目っすねランセン公爵！」

一応は若様をボロクソに貶(けな)されたのにもかかわらず、カンナはゲラゲラ笑った。

カミーユも肩を竦(すく)め、

「やむなく私がジャン殿の真価を確かめてくると、志願した次第です。現状では頼りなくても、姉上が鍛えればモノになるか否(いな)か、どこぞの王太子(クソヤロー)のように姉上の重圧に堪えかねるか否か——要するに将来性があるか否か。そこさえはっきりすれば、父上も安心ですから」

「するとでは、レナウン殿下との復縁の話は？」

「姉上とジャン殿を必死にさせるための嘘です」

悪びれもせずカミーユは打ち明けた。

「冗談じゃないですよ、殿下があんなクソヤローだと発覚した以上、大切な姉上を任せられません。父上も兄上ももちろん私も、絶対に許さないと考えております。王家にはたっぷりと謝罪と賠償(ばいしょう)を請求し、ランセンの名誉を回復するつもりです」

「まあ、その方が我が家にとってお得ですよねえ」

やはりクラリーシャの考えは正しかったし、父も判断を間違えてなかった。

「それでジャンは合格ですか、カミーユ？」

「まあ悪くはないんじゃないですか？」

（この子の負けず嫌いはまさしくランセンの血ですねえ）

クラリーシャは呆れつつも、しかしこれで一安心だ。

「ではお父様によろしく伝えてください」

「わかりました。嫌われ者はさっさと退散することにします」

(と言いつつ、一秒でも速く帰って鍛え直したいという顔ですね)

あくまで憎まれ口を叩く弟だが、こういうところは心底可愛い。


「他に何か父上にご伝言はありますか、姉上?」

「そうですねえ……では、こう伝えてください。クラリーシャは今度こそ立派に嫁ぎ、フェンス家を盛り立ててみせます。お義父様の代で子爵家に! わたくしとジャンの代で伯爵家に! わたくしたちの息子の代で跳んで公爵家にしてみせます!! と」

「三代で男爵家が公爵家ですか。わかりました、お伝えします」

「そして、いずれは東のランセン、西のフェンスと並び立ち、タイタニアを千歳幾歳(ちとせいくとせ)、守護していきたいですね!」

「ええ、その暁(あかつき)にはぜひランセンともご懇意に」

一般常識に照らし合わせればメチャクチャなことを言っているのに、カミーユは疑いもせずうなずいた。

その顔に「姉上なら当然ですね」と書いてあった。

ただしジャンの方には同情の眼差しを向けると、

「姉上の野心に応(こた)える当主は大変ですよ? 潰れないよう、せいぜい精進してください」

と意識がないままの、未来の義兄に言い残した。

エピローグ

翌日早朝、フェンス男爵家町屋敷。

元気のいい男女の掛け声が、今日も今日とて裏庭に響く。

なんとジャンの方からの申し出で、朝の打合稽古（うちあいげいこ）は続けることになったのである。

（うふふっ。体を思いきり動かす快感を、ジャンも理解してくれたのでしょうか）

そう考えると笑顔になってしまうクラリーシャ。

だがその間、両腕は別の生き物の如（ごと）く木剣を振り回し、ジャンを胸甲（きょうこう）の上から叩（たた）きまくる。

「楽しいですね、ジャン！」

「僕はさっきから痛いだけなんだが⁉」

「エエッ。体を思いきり動かす快感の虜（とりこ）になったから、早朝打合稽古デートを続けたいというお話ではなかったんですか⁉」

「そんな殺伐としたデート、嫌すぎる！」

完全に抗議口調のジャンに、クラリーシャは驚き顔にさせられる。

その間も両腕は別の生き物の如く巧みに木剣を操（あやつ）り、ジャンの反撃を尽（ことごと）くいなす。

「ではどうして痛みに耐えてまで、稽古を続けるのですか⁉　決闘はもう終わりましたよ⁉」

「……………………………たから」

「聞こえません！　稽古中は大きな声ではきはきと！」

「君のおかげで少しだけ自信がついたから！」

ジャンは木剣を振るいながら、自棄のように叫んだ。

「こんな僕でも君がいてくれたら、少しはマシな男になれるかって思ったんだ！　もし本当にそうなれたら、家を継いだっていい！　いや、継ぎたいって思ったんだよ！」

「まあ！」

ジャンの素敵な告白に、クラリーシャは瞳を輝かせた。

「最高のプロポーズです！　ずっと傍にいますね、ジャン！」

「いや君と結婚する気はないよ？」

「どうしてそこは強情なんですかあああああああっっっ」

ジャンの残酷な否定に、クラリーシャは瞳を潤ませた。

あれだけ頑なに家を継がないと言っていたジャンが、勇気を出して考えを変えてくれたのに、どうして結婚の方はダメなのか！

「君は君と相応しい男と結婚すべきだって考えは変わらないよ。仮に僕が男爵家を継ぐに足る男になっても、その程度じゃクララとは釣り合わないだろ？」

「ぐっ……。まだその論法を持ち出しやがりますかっ」

憎い。ジャンの優しいところと思い遣りが。

（ま、まあいいでしょう！　人間の本心なんてそう変われるものではないのですから、焦りは禁物ですね！）

それを考えたら、クラリーシャがジャンと出会ってまだたった一月ほどだというのに、家督を継ぎたいと言い出してくれたのだから、充分すぎる大進歩だ。

（ゆっくりいきましょう、ゆっくり！）

それが恋心か、家族愛かはともかく、時間をかけて二人で育んでいけばいいのだ。

レナウンとはできなかったことを、今度こそ。

思考を整理したクラリーシャは、気を取り直してジャンに稽古をつける。

この三週間というものカミーユ相手の決闘対策で、弟の太刀筋を模倣していた。それがひどく窮屈だった。

しかし今日からは気ままに奔放に——クラリーシャの本領である天衣無縫の剣を——振るうことができる。

するとだ。ジャンが何やら察し顔になって、訊いてきた。

「君とカミーユがもし剣を交えたら、やっぱりクラが圧勝するのか？」

クラリーシャはジャンと斬り結びながら答えた。

「やっぱりってどういうことですか！　わたくしのことなんだと思ってるんですか！　弟とはいえ

殿方に勝てるわけないですよっ」

「技倆が同じくらいだったら、そりゃ男が有利だよな」

逆に天地ほど技術差があれば肉体的性差は覆るはずだと、言外に指摘するジャン。

「ま、まあ、そもそも武術とは、体格が劣る者が優れる者に勝つため、発展してきた術理体系ではあるのですが……」

「じゃあ君がカミーユに勝てたって、道理がおかしいわけじゃない」

正味の話はどうなのかと、ジャンが興味本意でお願いしてくる。

「一回、クララの本気を見せてくれないか？」

「ええっ……参りましたねえ」

クラリーシャは一度間合いを切って退がると、もじもじしながら答える。

「お見せしてもいいですけど……『この雌ドラゴンが』って呆れませんか？」

「呆れないよ。君が僕の趣味を知っても、絶対に笑わなかったようにね」

「……わかりました。ジャンがそこまで言ってくれるなら」

クラリーシャは再び木剣を構え直す。

「では、『せーの』で行きますよ？」

「わかった」

ジャンが了解するや、守りを固めて身構える。

それを見て、クラリーシャは本気の剣を披露した。

「せーのっ」

――と合図を唱えた次の瞬間にはもう、ジャンの胸甲に抜き胴をお見舞いしている。

ジャンは全く反応できずに棒立ちのまま、「は？？？」と大混乱に陥っている。

クラリーシャがいつ間合いを詰め、いつ木剣で打ち、いつ脇を駆け抜けて残心をとったのか、彼には全く見えていなかっただろう。

お腹に広がる衝撃と胸甲の鳴る音がなかったら、打たれたことすら気づかなかっただろう。

「……今の……何？」

「お祖母様直伝の必殺技です」

クラリーシャはにこりとして答えた。

遥か東方の国々では、縮地とか無拍子とか呼ばれるやつだ。

「ははは！　これは参った！」

ジャンは自ら後ろへ倒れると、さっぱりとした顔で笑う。

「ひどいっ。笑わないって約束したのにっ」

「呆れないって言ったんだよ」

ジャンは地面に大の字に寝転がったまま、まだ愉快痛快とばかりに笑っていた。

「君は本当にとんでもない女性だ、クララ。僕なんかの想像をいつも軽々と超えていく」

「あら？　その発言はライトオペラ作家志望としては、問題があるのでは？」

「ははは、確かに！　でもじゃあ、後学のために教わろうかな。カミーユは昨日、今の僕の状態から降参したわけだけど……やっぱり鎧を着込んだ男に馬乗りになられたら、もう逆転は不可能ってことなのかな？」

「ええ、そのお話でしたら逆転が至難なのは事実ですが、不可能ではありません！　例えばランセンの組打術ではどうするか、お教えいたします。わたくしが昨日のジャンの役を務めますから、今から言った通りにしてみてくださいーー」

教えを請われ、クラリーシャは喜々としてジャンに馬乗りになる。

武術の話でこれほど盛り上がるご令嬢は、タイタニア広しといえど彼女一人だろう！

そしてーーそんな若者たちの様子を、フェンス男爵マテウスは屋敷の四階からこっそり眺めていた。

「見ろ、サージ。くくっ。ジャンの奴め、早くも嫁御の尻に敷かれておる」

「はい、旦那様。本当に仲の良いご様子で……クラリーシャ様がいらした最初はどうなることかとハラハラしておりましたが、まったくの杞憂でしたなあ」

「嫁御の度量に感謝せねばな。ジャンにあんな無下な態度をとられても腹を立てず、どころか曲がった性根まで直してくれるとは……内助の功などという次元を超えている。しかもだぞ？　嫁御は別に無理や苦労をした様子もなく、むしろ楽しげに軽々とやってのけたのだ！」

「誠、クラリーシャ様はタイタニア随一の器量良しにございますなあ」

サージの言葉が全く過剰でも世辞にも聞こえず、マテウスは大きくうなずいた。

自分の息子が、男爵家の嫡子が、クラリーシャの尻の下で教わっている様を見て、断言した。

「フェンス家の未来は明るいぞ」

◇◆◇◆◇

王都、ランセン公爵家町屋敷。

そのダンスパーティーに、宰相バークラー公は招待されていた。

とはいえ六十超えの老齢だ。ご婦人方とワルツを踊る元気などなく、主催者（ホスト）のランセン公と軽く挨拶（あいさつ）をしたらすぐにお暇（いとま）するつもりだった。

孫であるレナウンが、クラリーシャ嬢との婚約破棄などしてしまったせいで、両家の関係を修復するため必要以上に気を遣わされていた。

（とはいえ将来、玉座に着く孫のための尻拭（しりぬぐ）いだ。この程度の労は骨惜しみせんが――）

今、バークラー公は帰るに帰れない事態に陥っていた。

パーティーの最中、聞き捨てならない話し声が耳に飛び込んできたせいだ。

ゆえに公は息をひそめ、壁で噂話（うわさばなし）に花を咲かす令嬢たちへ向け、耳をそばだたせていた。

小娘たち曰（いわ）く――

「聞きまして、皆様？　クラリーシャ様のその後のお噂」

「もちろんですわ。カミーユ卿が新しいご婚約相手の器量を試すために、御自ら辺境まで赴いたのでしょう？」

「まあ、あの〝冷血公子〟がですの⁉」

「フェンス男爵令息と仰ったかしら、お相手は無事ですんだのかしら……？」

「それが見事、決闘にて〝冷血公子〟を下し、カミーユ卿の信頼を勝ち取ったそうですわ！」

「『クララは僕が守る』——と、それはもう凛々しく啖呵を切って！」

「ステキ〜〜〜〜っ」

「憧れますわ〜〜っ」

「でもでも待って頂戴。クラリーシャ様の新しい婚約者は、風采の上がらないダメ男だというお噂のはずでは？」

「ええ、そうですわね。レナウ——どこぞのゲス野郎が調べ上げて、クラリーシャ様の落ちぶれ具合も極まったと、散々に笑い者にしてましたもの」

「比べてカミーユ卿はあのお若さで剣の名手ですわよ？　本当に勝てたんですの……？」

「ところがそのダメ男が、クラリーシャ様の薫陶よろしきを得るや否や、見違えるように立派な貴公子に成長したという話ですのよ！」

「さすがクラリーシャ様ですわよねえ」

「レナウ——どこぞのゲス野郎はそのお話を知っているのかしら？」

「さあ？　どうせ今日も女漁りにお忙しいのではなくて？　牛のようにお品のない乳をした、ゲス野郎お好みのご令嬢漁りが」

「落ちぶれたというなら、いったいどちらがというお話ですわね」

「結局、クラリーシャ様がついていらっしゃらなければ、どこぞのどなたかは王太子らしく振る舞う理性すら、保てない程度のゲスだったということ」

「噂のフェンス男爵令息とは、対照的な結果になりましたわね」

——などなど。

聞くに堪えない話を延々と聞かされ続け、バークラー公は平静でいられなくなる。

（ここはランセンの屋敷だ。招待客がクラリーシャ嬢贔屓なのは、まあよい——）

しかし孫であるレナウンが、既にここまで人望を失っているのは問題だった。

しかも噂話をしているのが、侯爵家や伯爵家といった有力貴族の令嬢らだというのが大問題だった。

いずれレナウンが戴冠した後に、正しく威厳を——王権を保っていられるのか、甚だ不安にさせられる事態であった。

（返す返すも厄介なのは、クラリーシャ嬢の存在よ）

辺境で落ちぶれてくれればよいものを——否、せめて大人しくしていてくれればよいものを、あの破格の少女は王都まで届くほどの名声を、いともあっさりと打ち立ててしまう。

どんなに泥にまみれようとも、輝きを失わない宝石の如く！

そして、婚約破棄されたクラリーシャがなお声望を得れば得るほど、婚約破棄した後に堕落の一途をたどるレナウンの凋落ぶりが浮き彫りになってしまうのである。

王太子の放蕩など過去にいくらでも例のある、悪行と呼ぶほどのものでもないただのお遊びが、洒落（しゃれ）にならない悪評につながってしまうのである。

（……決断せねばならんか）

孫の玉座を守るため、非常の手段を採る必要があった。

だからバークラー公は覚悟を決めた。

自ら敵を作りたくはないのに、と。苦渋の想（おも）いで。

「何でも屋のレント」を名乗るその青年は、夕焼けに染まる屋根の上で作業をしていた。

今日の仕事は、民家の雨漏（あまも）りの修繕（しゅうぜん）だった。

日暮れ前に片が付いて、「ふう」と一息。

額（ひたい）の汗を拭うと、ちょうど民家の前を見知った顔が、通り過ぎるのが目に入った。

鎧ランニング中のジャンである。

カミーユとの決闘が終わっても、町内一周程度の体力作りは続けているのだ。

先日のレントのアドバイスに従い、無理をせず休憩をとるのも忘れていない様子だった。

「偉いねえ。真面目（まじめ）だねえ」

ジャンのその姿を見て、レントは独白する。

ただでさえ野性味のあるハンサムが、まるで肉食獣の如く物騒に頬(ほお)を歪(ゆが)める。

「あれがオレのﾞ抹殺対象ﾞとはねえ」


鎧を着たジャンが、未(いま)だ少しフラつきながら走る背中を見送りながら、嗤(わら)う。

「チョロい任務だ。殺(や)るのに五秒も要らなそうだ――」

あとがき

鋼のようにタフなメンタルのヒロインが好きです。

逆境なんてものともせず、困難を痛快にぶった切っていくような展開に心躍ります。

そんなお話を自分でも書いてみたくなって、キーボードを叩きました。

宝石の最高品質を表す言葉である「フローレス」の異名を冠した、完璧令嬢(クラリーシャ)が生まれました。

「完璧」という言葉の語源も、宝石に全く疵(きず)がない様から来てますから、掛けたわけです。

輝きを曇らせない、絶対にめげない、幸せなんて力技で自らつかみとってしまう、クラリーシャの物語です。

皆様にも楽しんでいただけますと幸いです。


またこの物語を書籍化しようと打診くださいました、担当編集さん。ありがとうございます。

イラストレーターの満水(まんすい)先生。素敵なキャラデザインやイラストの数々、感謝に堪えません。

特にジャンのビフォアー・アフターは舌を巻く想いでした。小説は誤魔化しが効きますから、「ワカメみたいな前髪」とか平気で書いてしまいますが、それでもちゃんとジャンの魅力の片鱗が窺えるビフォアー・デザインからの、華麗なアフター・デザインへの転身に脱帽です。まさに満水先生のセンスの素晴らしさが輝いているかと！

そして、この本の出版・制作に携わってくださった皆様へ、何よりこうして手に取ってくださった読者の皆様へ、最大級の感謝を！

皆様のご期待に添えられますよう、２巻の執筆も頑張ります。

福山松江　拝

完璧令嬢クラリーシャの輝きは
逆境なんかじゃ曇らない
～婚約破棄されても自力で幸せをつかめばよいのでは?～
2024年6月30日　初版第一刷発行

著者　福山松江
発行者　出井貴完
発行所　SBクリエイティブ株式会社
〒105-0001　東京都港区虎ノ門2-2-1

装丁　八須賀 美希 [attic]
印刷・製本　中央精版印刷株式会社

ISBN978-4-8156-2446-0
Printed in Japan

ファンレター、作品のご感想をお待ちしております。

〒105-0001　東京都港区虎ノ門2-2-1
SBクリエイティブ株式会社
GA文庫編集部 気付

「福山松江先生」係
「満水先生」係

本書に関するご意見・ご感想は
下のQRコードよりお寄せください。
※アクセスの際に発生する通信費等はご負担ください。